中公文庫

なにごともなく、晴天。

吉田篤弘

中央公論新社

目次

レイアウト・イラスト——クラフト・エヴィング商會［吉田浩美・吉田篤弘］

なにごともなく、晴天。

食べる。

まずいコーヒーのことなら、いくらでも話していられる。

きっと話がはずむ。

でも、おそらく誰も聞いてくれない。

だから私は、母や祖母がよくそうしていたように、口のチャックを閉める仕草をしながら、話しかけた言葉を大急ぎで呑みこむ。

女三代にわたって、話し始めたらとまらなくなる癖が引き継がれた。そのせいか――

たぶんそうだ――祖母は、「めったにいないような善人だった」という祖父に逃げられ、母は、「そこそこにいい人だった」父に逃げられ、私もまた、この歳になるまで、およそ、ひとりで御飯を食べてきた。

店の上の、二階までいかない天井の低い一・五階の四畳半。それが、いまのところ、私の食う寝るところに住むところである。

住み心地は最低。窓からの景色も最低。騒音にいたっては超最低。

建てつけもまた最低で、なにしろ、家屋全体が傾《かし》いでいるから、年がら年中、すきま風が吹き放題だ。

ただし、最低だらけにはいいこともある。私の知る限り、このあたりの家賃としては最低価格で、駅までの距離は最低というか最短と言っていい。あまりに近いので、雨に濡れることは、まったくない。

というのも、なんのことはない、ここが鉄道の高架下だからである。

一日平均、八分おきに頭の上を列車が通過していく。特急、急行、快速、準急、各停、回送まで。容赦なく走りぬけ、そのたびに、直下のこの部屋が上下左右に音をたてて揺さぶられる。

長年の振動で傾いだ畳の真ん中に、卓袱台《ちゃぶだい》をひとつ据え、その卓袱台にしても、脚がひとつ折れていて、脚のかわりに、本や菓子の空き箱や、そのときどきの、そこいらにあるものを積み上げて間に合わせている。その結果、卓袱台もまた傾いでしまうけれど、東から西に向けてなだらかに落ちこんでいく部屋に対し、卓袱台の傾斜を西から東になるよう案配すれば、ちょうどうまい具合に、傾いだもの同士が水平をつくる。

でも、私はこの高架下に住むようになってから、水平というものが、もうひとつ判らなくなった。毎朝、布団をあげたあと、おそらくこれで水平だろうと、卓袱台を調整している。にもかかわらず、コーヒー茶碗の中の、「コーヒーの水平線」を確かめると、たいてい斜めになっている。

部屋ごと傾いでいるので、ようするに、どこにも基準がない。どこかにしっかりした水平線があれば目安になるだろうが、慣れてしまうと、こちらの気持ちごと傾いでしまって、それが当たり前になっていく。

そしてまた、この傾いだコーヒーが、ちっともおいしくない。

母のせいだ。いや、父のせいだろうか。

父はコーヒーをつくるのが非常にうまかった。冬の冷えた台所に、よれよれの寝巻で立ち、「俺がつくろう」と、父は「いれる」ではなく「つくる」と、低い声でそう言った。いまも、どこか私の知らないところで、私の知らない誰かのために、あの低い声を響かせているのだろうか。それとも、罰《ばち》が当たって悪い病気にでもなって、さっさと、この世からいなくなってしまったか。

　どちらでもいいけれど、そんなことを考えるようになって、もうずいぶんと経つ。おかげで、私は母のつくったまずいコーヒーを飲まされて成人し、そのあと、母と離れて暮らすようになってからは、自分で毎朝つくっているものの、これがまた、とにかくおいしくない。

「なに、これ」

　サキは飲むたびに口をおさえて、アーモンド形の目をとがらせる。

「まっずいよ、これ」

「どういたしまして」と私は何くわぬ顔で、内心、（たしかにまずいよなぁ）と思う。だから、味わうことはもとより放棄して無闇にぐいぐいと飲む。私のつくったコーヒーは、まずいうえにやたらと熱く、飲むたびに——つまり、毎朝のように舌をやけどする始末。

「あたしも、知ってんのに、なんで飲んじゃうかなぁ」

サキもまた舌をやけどしているのか、「あたし」が「あたひ」に聞こえて、ただでさえ蓮《はす》っ葉《ば》な物言いに、より磨きがかかっている。

「〈アマノ・ピザ〉もさ、もう二度と食べない、って思いながら、また頼んじゃうの」

「ああ、あれね」私もため息まじりで同意する。「一日おきにチラシを入れていくでしょう？」

「あたし、あれ、見ないで捨ててるよ」

サキは、しきりに目をこすり始めた。

「ちっ。そろそろ、花粉のおでましか。あたし、みんなより鼻が上にあるから、誰よりも先に吸いこんでるよ、きっと」

通称、のっぽのサキ。身長＝百七十二センチ。好きな色＝黒。ド近眼のとんぼ眼鏡。大学二年以来の私の友人である。いまは、同じ屋根の下——もとい、同じ線路の下で、それぞれ儲からない店を営んで、いつからか、「ちっ」と舌打ちするのが挨拶がわりになっている。

ついでに、私はといえば、身長＝百六十センチ。好きな色＝青。目はわりにいい方だけれど、その他もろもろは何ひとつとして「いい」と言えない。特筆することなし。賞罰なし。もう若くないし、男でもないけれど、若い男の子のように、いつでもお腹を空かせている。間違いなく肉食動物。通称、はらぺこのB子。命名者は十二年前のサキだ。サキは、学生のときから、私を「B子」と呼んできた。本当は美子《よしこ》で、子供のころは「みいこ」と呼ばれていたけれど、いまはもう誰もそんなふうに呼ばない。

サキが私を「B子」と呼ぶのは、面白がって、美の字を「み」から「び」へ濁らせてのことと思っていた。ところが、

「違うよ」

最近になって、謎解きがあった。

「B子はいつも、学食でB定食ばかり食べてたでしょ」

「そうだっけ」

とぼけておいたが、じつを言うと、私はいまでもB定食を食べている。

〈高架下・晴天通り〉の38番に、〈太郎食堂〉という定食屋があって、私はその店の大将、太郎さん、六十五歳をひそかに敬愛する常連客のひとりである。なにしろ、大将は

艶のあるいい声を持っていて、「B定食ね」と注文を確認するときの「びい」の響きが、ぞくっとするくらいいい。ほとんど、それを聞きたくて、わざわざ駅を挟んだ38番まで通っている。

ちなみに、私の店は8番にあって、この番号は高架を支える柱ごとに打たれている。基本的に、柱と柱のあいだに店がひとつというつくりになっているから、それが、そのまま所番地にも転用されている。

ついでに言うと、サキの店は26番だ。彼女はつまり、柱を十八本やり過ごして、私のところまで歩いてくる。〈晴天通り〉などと言っているが、もちろん、陽は当たらず、たぶん誰かが冗談でつけた名前に違いない。ほとんどの店がまだ開店前の時間——朝と昼のあいだのわずかに列車の通過が少なくなる平和な時間に、サキはわざわざ、おいしくもないコーヒーを飲みにくる。

と言っても、私もひとのことは言えない。〈太郎食堂〉の38番は単純に数えても、柱三十本も先にある。おまけに、32番と33番のあいだには駅があり、そこだけ柱が十本費やされているので、しめて四十本。そのあいだに食堂はいくらでもあるのだから、私はよほど大将の「びい」に魅かれているのだろう。

Ａでは駄目なのだ。「ええ」のつまらない響きではなく、「びい」と胸にじかにくる、あのひび割れたような声を聞きたくて通っている。だから、

「入院したらしいよ、〈太郎〉の大将」

出しぬけにサキがそう言うのを聞き、十時十五分の下り急行列車の激烈な走行音に負けないくらい、

「本当？」

と大きな声が出た。

サキは、くしゃみをふたつばかりすると、鼻のまわりを赤くし、列車の音と振動が去るのを待ってから、「うん、ホント」と、洟《はな》をすすりながら答えた。

「いつ？」

「おとといかな」

知らなかった。昨日は食堂の定休日だったし、おとといは、こちらが定休日で、呑気に新宿まで映画を観に出かけていた。

「じゃあ、お店は」

「息子たちがやるでしょう、たぶん」

なんだか、急に体が重だるくなってきた。

サキの言う「息子たち」とは、双子みたいな年子の兄弟で、いちおう店を手伝っているようだし、たまに大将の姿が見えないときは、やたらに笑顔がさわやかな兄弟のどちらかが、「びい」と応対してくれる。これがまた、二人とも変に愛嬌たっぷりの「びい」なのだ。

違うんだよなぁと、つい舌打ちをしたくなる。

B定食の、生姜焼きや芋コロッケの味はそっくり一緒だけれど、やはり、大将の「びい」の響きに感電するから御飯がおいしくなるのだ。「びい」なしのB定食なんて、単純に引き算をしても、よくあるただの定食だ。

「そういえば、〈ベーコン〉の姉さんに聞いたんだけど」

サキがくしゃみをこらえながら付け足した。〈ベーコン〉というのは、21番にある喫茶店の名前である。

「あの兄弟って、相当、仲悪いらしいよ。親父が死んだら、どっちが店を継ぐのかって、しょっちゅう、喧嘩してるって」

「ふうん」

私は、さして興味はなかったのだけれど、「それは、どっちも引き継ぎたいってこと？それとも、二人とも引き継ぎたくないってこと？」と、いちおう訊いておいた。

「知らない」と、くしゃみまじりのサキ。

でも、そうなると、本日の晩御飯はどうしたものか。

自分でつくるのは面倒だし――と、視界のはじに、〈アマノ・ピザ〉の派手なチラシが輝いて見えた。

眠る。

とにかく、眠たくてしょうがない。このところ、いつも目尻に涙がたまっていて、つまりは、あくびがとまらないのである。それには、いくつか理由があるのだけれど、ひとつは、店があまりにも暇だからだ。

まったくと言っていいほど、お客様がいらっしゃらない。

いらっしゃるのは、毎度おなじみのサキだけで、彼女の方も店が暇なので、「すぐ戻ります」と貼り紙をして、そそくさと、うちへ逃げてくる。

お互い、時間の過ごしようがなかった。よって、彼女の店も私の店も掃除だけは完璧で、商品は角《かど》を出して整えられ、雑多でよく判らないものばかりだけれど、体裁だけは妙にしゃっきりとしていた。ようするに、お客様がいらっしゃらないので、掃除ばかりに精が出る。

サキの店は父親から引き継いだ輸入雑貨店というか、「なんでも屋」で、少し前までは、メイド・イン・USAのTシャツやジーンズばかりを置いていた。

その前に父親が営んでいたころ——私たちはまだ学生だった——は、かなりインチキくさい外国の菓子を専門に売っていた。水で溶かすとコーラに化ける炭酸キャンディとか、どこの国とも知れない、よそでは見たことのないコーヒーの粉とか、ピンクやエメラルド・グリーンのやたらにケバケバしい甘いだけのチョコレート菓子とか。輸送用の箱を商品の仕分けに転用し、一見、昔ながらの駄菓子屋のようで、並んでいるのは、いずれも得体の知れないものばかりだった。

当時の高架下商店街は、まだ整備がはいる前で、どこもかしこもコンクリートがひび割れ、ひびのあいだから黒い水が染み出ていた。朝から晩まで地べたが濡れていて、下水のにおいが気になったし、カビのにおい、甘ったるいにおい、油のにおい、人の汗のにおいが入り混じり、冬は底冷えがひどく、夏は熱がこもって、「地獄」と言いたくなるような暑さに辟易した。

それでも、人が行き交っていた。ものめずらしさにひかれてなのか、インチキくさい菓子を、よろこんで買っていく客が、ひっきりなしにあらわれた。

いまは、ひび割れも、においも、水たまりも消えている。が、一緒に人も消えてしまった。

というか、ひび割れも、においも、水たまりも、にぎわいゆえの代償だった。

シャッターが下りたままの店々を眺めて、つくづく思う。

うちの店は、とりあえずシャッターをあけているけれど、何の店なのか、いかにも怪しげで、正体不明と思われている。

「誰かに訊かれたら、ひとまず、『古道具屋』とお答えしています。でも、道具と呼ぶには、役に立たないものばかりで、古美術と呼ぶには、はばかられるし。古くて役に立たない、しかしまぁ、見る人によっては、それなりに見てくれが良くて、あってもなくてもいいものだけれど、ちょいと気になるので、ひとつ、うちへ連れて帰りますか――というような奇特なお客様をお待ちしています」

めったにないことだけれど、とある雑誌が、うちの店を紹介してくださり、そのとき、ざっと、こんなことを言ってみたのだが、サキが送られてきた雑誌に目を通すなり、

「うっそ」

人差し指で、私の脇腹をつついた。

「あんた、こんなこと、まったく考えてないでしょ」

「え？　いや、まったくってことはないけど——」

「私の店、なんて言っちゃって。だいたい、あんたの店じゃないでしょう」

それを言われたら、返す言葉がない。

本当を言うと、そろそろ、「私の店」と言いたい気持ちもあるのだけれど、サキの前では、まだ、とても言えなかった。

この店は、昔から現在まで、そして、未来永劫どこまでいっても、むつ子さんの店だ。だから依然として、〈むっつ〉という名前なのだし、そんなことは誰よりも私が判っている。

けれど、私がこうして店番をつづけていなかったら、とっくに店はなくなっていただろう。

ひとりで店番をしていると、考えごとがこんなふうに堂々めぐりをし、最後に「結局、この店は」と、そこへ戻ってくる。「この店は、結局」と、それ以上、頭がまわらなくなって、そのうち眠気が襲ってくるのだ。

*

「そんなに眠いんだ？」

〈ベーコン〉の姉さんが、カウンターごしに、私にそう訊いた。

「でも、お腹は空いてるわけね」

「お腹は——だいたい、いつも空いてるんです」

「何なのよ、あんた」

「ええ。ホントに何なんでしょう」

店を閉めたあとは、いつもなら〈太郎食堂〉へ直行しているところだけれど、大将が入院してからは、〈ベーコン〉の姉さんのまかない飯をいただいて——というか横どりしている。

21番の〈ベーコン〉といえば、昔は「純喫茶」を名乗っていたけれど、いつからか、「元純喫茶」と囁かれ、「純」の冠もだいぶくたびれて、場末のやさぐれた風情になってきた。

この〈ベーコン〉という、喫茶店にしては妙な店名の由来は、なんのことはない、店主の姉さん――の本当の名前は奈々さんだが――の大好物がベーコンだったからである。

姉さんいわく、「自分はパンとベーコンとコーヒーさえあれば生きていける」とのこと。その他の食べものは、本当は必要ないけれど、人間は必要のないものも欲する哀しい生きもので、人間である以上、梅干しや納豆やおからも、つい食べてしまう。でも、本当はベーコンとパンだけでいい。偏食がたたって病気にさえならなければ、そうしたい――この何度も繰り返してきた宣言を、「入れ墨のかわりに店の看板に託したの」と姉さんは洟をかみながら言った。

「入れ墨？　もしかして、姉さんは体に『ベーコン』と彫りたいんですか」

「まぁね。彫りはしないけど、そのくらいの覚悟はあるよ」

それが、どんな覚悟なのか知らないけれど、この人の十本の指は、いつでも燻《いぶ》されたベーコンの匂いがする。

というのも、当然のごとく姉さんの趣味はベーコンを燻すことで、ただし、店で燻しているわけではなく、いつどこで、どんなふうに燻しているか詳しくは知らない。「ベーコンを燻すために旅に出たい」とか、「じつは、こないだ行ってきたのよ」などと嬉しそうに話してくれるものの、いくら聞いても要領を得なかった。ごっつい肉のかたまりと、燻すための道具一式を背負って荒野をさまよい、ここぞ、という場所にたどり着いたら、夕空の下で、ひとり静かに燻すらしい。

「荒野って、どこのこと？」

「あのさ、昔の西部劇に出てくるような、悪漢に襲撃されるかもしれない荒野」

さて、この国のどこにそんな荒野があるのだろう。おそらく、姉さんのベーコンに対する愛が見せている荒野だ。

が、たとえ妄想とはいえ、二の腕にBaconの入れ墨を彫った姉さんが、荒野で仕込んできた特製ベーコンである。

午後八時の、他に誰も客のいないカウンターの奥——昭和の時代から居座っているようなボロい冷蔵庫の中から取り出されたそのブツ。姉さんはそいつを、やけに黒光りするデカい包丁で拍子木切りにしていく。

　つづいて、冷や飯とネギが用意され、ネギもまた、早撃ちのような包丁さばきによって正体をなくし、ぎょっとするような真っ黒いフライパンがあらわれて、炎に熱せられる。そこへ一切合切が投げ入れられ、素早くへらでかき混ぜて、仕上げに醤油をまわしかける。湯気ごと皿に盛り、レモンをしぼって、完成。

　これを姉さんは、フォーク一本を操りながら、私の目の前で黙々と食べた。

私はその一部始終を凝視し、「あんたも食べる？」と言ってくれるのを待つ。

この、素晴らしい姉さんのまかない飯——名づけて「荒野のベーコン醤油ライス」を、たびたび、いただいてきた。

「それで、むつ子さんは最近どうなの。相変わらず、寝込んだまま？」

「ええ」と私は舌の上でベーコンの脂が溶けるのを味わいながら答えた。

「ふうん」と姉さんは店のガラス戸ごしに表の様子を窺っている。

昔は夜中の適当な時間に閉店になっていた。いまは、午後八時半くらいに、表の看板を仕舞いこむ。音楽――この店では、たいていレコードが回っている――をとめ、AMのラジオ放送に切り替えると、照明もカウンターのあたりだけを残して落とされる。

そのあかりのもと、平らげた皿の横に置かれたコップの中の水を見ていた。

列車が通過するたび、かすかに揺れ、そのわずかな震えが、私の胃袋におさまった水の震えとひとつになる。甘くけだるい眠気が吐き気のようにせり上がってくる――。

「どこかに、いい話はないもんかね」

姉さんがコーラの栓を抜きながら言った。

「あんたは、コーヒーよね」

コーラをらっぱ飲みし、姉さんが「特別よ」と、あたらしいコーヒーをいれてくれた。

「純」であったとき、「元純」であった時代、そして、やさぐれた現在にいたるまで、舌にのこったベーコンの脂を確実に洗い流してくれる「特別に」苦いコーヒーである。

「これを飲んで、目、覚ましな」

姉さんに睨《にら》まれた。

「いい？　人生は楽しんだ方が勝ちなのよ。眠いなんて言ってないで、よおく見といた方がいいよ。世の中のいろんなものをね」

それはもう、姉さんの言うとおりだった。

だけど、昼間に眠くて仕方ないのは、夜に布団の中であれこれ考えてしまうからで、あれこれ考えるのは頭が冴えてしまうからだ。

そして、頭が冴えてしまうのは、姉さんの「特別よ」のコーヒーが、とびきり濃くて苦いからである。

住む。

〈高架下・晴天通り〉という名前は、誰からともなく言い出したのが始まりで、地図上の正しい住所は、「麻木町一丁目三十三番地高架下」という。

私の雇い主にして大家さんでもある、むつ子さんから聞いた話によれば、その昔、高架下は正確な所番地がはっきりしなかったらしい。

東西に走る高架鉄道の、北側が一丁目、南側が二丁目で、いまも鉄道によって区切られているのは一緒だけれど、では、鉄道の線路と、その高架下はどちらに属するのかと、あとになって問題になったという。

いや、本当は問題になったのではなく、まぁ、そんなものはどっちだっていいじゃないの、としばらくは呑気に構えていたらしい。

むつ子さんが、店の引き出しにしまいこんでいた当時の町会新聞を眺めていたら、高架下商店街が、暫定的に「麻木町零丁目零番地」と表記されているのを見つけた。

「零丁目」という無法地帯のような響きに、つい胸がおどったが、ようするに、ここはどこにも属していなかったわけで、その宙ぶらりんな感覚は、一丁目に格上げされてからずいぶん経つのに、いまも変わらないように思う。

たとえば、ここでは誰もが細かいことに構わない。

郵便も宅配便も、それに〈アマノ・ピザ〉の出前を注文するときも、「麻木町の高架下」で、問題なく届く。「零」であっても「一」であっても同じこと。ここは所番地と無縁の治外法権のような場所なのだ。

地図を見ると、高架下は鉄道の線路によって、そっくり覆われている。空撮や衛星写真には映らない。そもそも、屋根というものがない。空から見る限り、私たちは、ここにいないことになっている。

おまけに、横から眺めても——つまり、鉄道高架線の脇を走る地上の道路から確認しようとしても、多くの店が道路側に出入口を設けていない。無愛想なコンクリートの壁に意味不明な落書きが並んでいるだけだ。ほとんどの店が道路側に背を向け、出入口や看板の類は外から見えない。それらは、いわば高架下のトンネルの内側にあり、トンネルを貫く横幅一・五メートルほどの通りが、中にいる私たちの「表通り」になっている。基本的に、すべての店が、その「表通り」を挟んで向かい合わせになっている。

ただ、こうした慣例は徹底されているわけではなく、何かにつけ、いい加減なところがあって、現にうちの店は、南側の外の通りに面して、ガラガラとあける二枚戸がある。それで、外の通りからお客様がいらっしゃるのかというと、そういうわけでもない。風通しが幾分かいいのは儲けものかもしれないが、売り上げにはまったく関係なかった。

というか、本当に絶望的にお客様がいらっしゃらない。はっきり言って、商売として成り立っていない。

「じゃあ、どうなってるのよ」

〈ベーコン〉の姉さんに訊かれたことがある。

カウンターの端にある、背もたれのすり切れた椅子が姉さんの店における私の定席だった。

姉さんは自分が飲むコーラに入れる――いや、姉さん流に言うと、コップに「ぶち込む」ための氷を、おそろしく尖ったアイスピックで「かち割り」ながら私を問い詰めた。

「お金はどうなってるわけ？　まるで儲からないのに、どうやって食べてるの」

「ええ」と私は姉さんがいれてくれた苦いコーヒーを飲み、「それはですね」と、しきりに口を拭《ぬぐ》うふりをしていた。

「むつ子さんが店をやっていたときから、あんたのことは知ってるけど、最初はバイトだったでしょ」

「ええ、そうでした」

「むつ子さんは、いま、どこでどうしているの。秘密にしといてあげるからさ」

姉さんは自称、「高架下商店街の御意見番」で、だから、私もまた何かしら困ったことがあれば姉さんに相談してきた。

姉さんは酒と煙草でつぶれた低い声で、

「ああ、そうね」「まぁ、そうじゃないの？」「さぁ、あたしは知らないけれど」

と、どこか面倒くさそうに言うのが常だ。

でも、人の話を聞くのがうまくて、ひとしきり話を聞いたところで、ゆるゆると煙草の煙を吐きながら、「それで？」と促してくる。すると、誰もが話すつもりのなかったことまで、つい話してしまう。

それで、たいていのことは姉さんに訊けば事情が知れた。妙な噂の出所や、たとえば、急に店をたたんで音沙汰のなくなったボタン屋の中村さんが、男と駆け落ちするつもりが、直前になって男に逃げられた顚末《てんまつ》とか——姉さんはそうした話を低い声でけだるそうに話してくれる。

〈ベーコン〉の客は、言ってみれば、三面記事を読む代わりに、姉さんが仕入れた情報を聞きにくるのだ。姉さんがいれてくれる極上の苦いコーヒーは、ただでさえ他で味わえないだろうけれど、そうしたゴシップの盛り合わせとセットでいただくと、さらに苦みの味わいが増す。

「あのさ、いまはどこだって火の車なんだからさ」

私の顔を見ようとせず、アイスピックで氷をつつきながら声に力をこめた。

「みんな、どうやって乗りきればいいか、頭の中はそればっかり。他の店が、どんなふうに切り盛りしているのか知りたいのよ」

「いや、うちの店は他のお店の参考にならないと思います」

「ん？　もしかして、あんた、お金持ちのお嬢さん？　よく、そういうのあるじゃない。お金はゴマンとあるのに、使い方が判らなくて、変に質素な生活なんかして――」

「いえ、そうじゃありません」

「じゃあ、どういうことなの」

「それは、あの、むつ子さんがですね――」

とうとう白状させられた。

「私はお金持ちの娘ではないけれど、むつ子さんには、お金というか、財産というか、遺産というものがありまして」

「ふうん、なるほどね」

「庭の隅の蔵の中に先祖代々守ってきた財産なのかガラクタなのかよく判らないものがありまして、それらを、ひとつひとつ埃《ほこり》をはたいて並べたらどうかと思い立ったんです。いや、ただ並べるだけじゃなく、そんな店を自分が開いてみるのはどうかと思いついたわけです。いまから三十年前のこと、今年、六十二歳になったむつ子さんが三十二歳のとき、ちょうどいまの私と同じ年齢です」

それから、むつ子さんにはいろいろあって、いろいろあったことをすっかり姉さんに話してしまうと、高架下じゅうに広まってしまうから、そこは追々打ち明けていくこととして、私が店番というか、事実上の二代目〈むっつ〉の店主をつとめているのは、姉さんの言うとおり、私がアルバイトで働いていたからに他ならない。むつ子さんとしても、誰でもよかったのだろうが、たまたま、私が目の前にいたので、「あのね」と声をかけてくれたのだ。

「あのね、わたし、なんだかもう眠いのよ」

「はい？」

「わたし、もう何もしないで、ただ寝ていたいの。ほら、よく言うでしょう、あとはもう寝て暮らすばかりって。あれをね、本当にやっちゃおうと思うわけ」

「はい？」

私は何度も訊きなおした。

「とにかく、今日を限りに、わたしは寝て暮らします。もう、お店には来ませんから、明日からどうぞ、美子さんひとりでやってちょうだい」

「お給料はいままでどおり、ちょっと上乗せしてもいいし、二階も好きなように使っていいから」

「ええと――」

むつ子さんは、こういうひとだ。

ある日突然、とんでもないことを言い出し、まわりが戸惑うのもおかまいなしに、しっかり実行する。しかも、宣言から行動にいたるまで、終始、明るく元気よく振る舞う。

「元気よく寝込む」というのもおかしな話だけれど、とにかく、むつ子さんは、そうして二年前から、病気でもないのに、ただ寝て暮らしている。

昔から、むつ子さんの身のまわりの世話をしてきた逸子さんという人がいて、むつ子さんと同じ歳格好の住み込みのお手伝いさんなのだが、たいていのことは逸子さんがしてくれるので、本当にひたすら寝て暮らしている。

「そうか、お金持ちのお嬢さんは、むつ子さんの方だったわけね」

姉さんが、かち割った氷を大きなコップにぶち込み、そこへ、かりかりと音をたててはじけるコーラをまるまる注ぎ入れた。

「まぁ、そんなことでもなければ、いまどき、あんな店はつづけられないか」

それは、まったくそのとおりなのだが、道楽は、むつ子さんの領分で、私がそのまま恩恵にあずかる謂《い》われはない。

だから、私は店の二階を間借りする家賃をお給料から引いてもらっている。それに、冗談や体裁で言うことはあっても、この店が自分の店であるとは思っていない。

ただ、私はここに住んでいて、店主ではないけれど、部屋の主ではある。

異様に天井の低い、おそらくは強引にこしらえた二階の部屋——私に言わせれば一・五階だが——に四畳半と押し入れがあり、ちんまりとした台所とトイレが申し訳程度についている。風呂はない。南側の通りに面して窓がひとつあるだけだ。

朝から晩まで——つまり、銭湯に行く時間まで高架下に居座っていると、場合によっては、一度も太陽と雲と青空を見ずに終わる。

だから、一日一度、窓をあけ、その日が、たとえどんより曇っていたとしても、

「本日も晴天」

と景気づけに、誰へともなく言う。

ついでに空を見上げ、まぁ、空からは見えないだろうけれど、

「ここに約一名、今日もおります」

と、いちおう空に向けてことわっておく。

働く。

そもそも、私がこの店で働くことになったのは、仕事を失って途方に暮れていたとき、

「近所でアルバイトを募集しているよ」

とサキが声をかけてくれたからだった。

「むつ子さんっていう、ちょっと変わったひとがいてね、そのひとが、道楽半分で開いたお店なんだけど――」

「どんなお店？」

「そうねぇ、なんて言うか、まぁ、いちおう古道具屋なんだけど、ちょっと売ってるものが怪しいっていうか、ガラクタっていうか」

「あ、そういうの、私、結構好きだけど」

「ただね、すごく暇そうな店で、もしかしたら、じきにつぶれちゃうかもね」

「でも、道楽半分なんでしょう」

「ごめん。それ、あたしの勝手な妄想なんで」

ところが、妄想ではなかったのである。

そういうの結構好き、などと軽い調子で面接に行ってみたところ、前もって、サキに脅されていたせいか、予想外にきちんとした店で、恐縮してしまった。掃除が行き届いているし、店の品々も、謎めいたものが多いのはたしかだけれど、古いものにしては妙にこざっぱりして、私にはガラクタに見えなかった。

「そうでしょう?」

むつ子さんは、私の反応に喜んだのか、それとも基本的に上機嫌なのか——答えは「いつでも上機嫌」だ——どちらかというと、私はお店よりも、むつ子さんそのひとに魅了されていた。

というより、お店とむつ子さんは、分かち難いひとつのものだった。

屈託のない笑顔と大きなおでこ、ふっくらとした耳たぶを指でつまむ癖、アイロンをかけていない男物らしきシャツ。快活に喋ったかと思うと、自分の言葉をひとつひとつ点検するように、「うん」「そう」「うん」「そう」と、かすかに頷《うなず》く。

常に身のこなしがゆったりしていて、音楽でいえば、半音くらいずれている感じがする。それが優雅というものなのか、それとも、ただのんびりしているだけなのか、どちらとも言えない印象が、店に並ぶおかしなものと通じていた。

たとえば、把手《とって》のない銀色の薬缶《やかん》があった。把手がないことをのぞけば、傷も少なめで艶ものこり、小ぶりで丸みを帯びたかたちに愛嬌があった。そこへ不釣り合いなほど短い注ぎ口が付いていて、使うには不便というか、どう考えても使えない。なにしろ、把手がないのだから、湯をわかしても、ガス台からおろすことさえままならなかった。

「それは、〈未来の蛸《たこ》〉なのよ」

手にして、右から左から眺めていたら、ひと言、むつ子さんがぽつりとそう言った。笑うでもなく、どちらかというと、眉間にしわを寄せて口を結び、それが彼女の真剣なときの顔なのだと、あとになって知った。こちらは、じわじわと変なおかしさがこみ上げてくる。

把手を失くした丸い薬缶は、おちょぼ口の注ぎ口と相まって、まさに蛸の頭を漫画にしたようだった。「未来」というのは、銀色の表面がロボットのそれに見えるからだろう。

惜しいのは——そして、驚いたのは——〈未来の蛸〉という命名は、そのときその場限りの思いつきであったことだ。次の日には、別の名で呼ばれている可能性もあり、なにより、店に並ぶすべてのものに値札がなかった。値もなく、名もなく、ただ投げ出されたように置いてある。

値段を訊けば、むつ子さんはすべて記憶しているのか、それとも、そのときの思いつきで決めているのか——答えは「思いつき」だ——間を置かずに、これこれです、と値段を明かして、「それは〈未来の蛸〉でしょう」と、ついでのように名づける。

そこで、客の目からうろこが落ちるか、それとも不審そうに店主の顔を見返すか。それで、売れる売れない、が決まってゆく。

私はといえば、何を隠そう、すっかり気に入ってしまい、軽い気持ちで面接に行ったはずなのに、帰りには、〈未来の蛸〉をしっかり買いもとめていた。しばらくして、どうしてこんなものを買ってしまったのかと嘆いたが、仕方なしに部屋の隅に飾り、ふと、蛸と目が合ったときは——まぁ、奴に目はないのだが——鼻から息が抜けるように、つい笑いがこぼれ出る。

いずれにしても、私にはそうしたすべてが面白かった。「ぜひ、働かせてください」と手を挙げ、さぁ、それから早三年が経つ。

三年のあいだに、この店がどんな店なのか、サキが、「道楽半分」と言ったのはどうしてなのか、少しずつ理解した。それは同時に、店主を理解することでもあり、すべてを知ったわけではないけれど、自分なりに理解してみると、今度は、さて、仕事とは何なのか、働くとはどういうことなのか、とあらためて考えさせられた。

私の前の仕事は会社勤めだった。

そのときはそのときで、やはり、同じ疑問に突き当たり、どうして、こんな夜中まで働かなくてはならないのか、どうして、こんなにつまらない、やりたくもないことをしているのか、それが仕事というものなのか——いくら考えても、私のぼんやりした頭では答えが出なかった。

この三年間は夜中まで働くようなことはほとんどなかったし、つまらないと思ったことは一度もない。けれど、さして利益の上がらない商売を、「道楽でやっている」と周囲に思われるのは、やはり不本意だった。事実そうなのだから仕方ないとしても——。

「やっぱり、そういうことみたい」

アルバイトを始めてから一カ月目くらいに、サキにそうした事情を報告しておいた。

「そうでしょう。でなけりゃあ、やっていけないもの」

「サキのところはどうしてるの」

「うちも、ほとんど儲けなんてないけど、駐車場の方で、そこそこ入るから」

「そうなんだ」

「だから、あたしも、ひとのことは言えなくて、店の方は道楽に近いよね」

「それで、いいのかしら」

一カ月目で早くもそう思い、それから三年間、常に「いいのかしら」と、どんよりしながらつぶやいてきた。いまさらの話だけれど、働いてお金を得るには、働いた結果が利益を上げなければならない。それは、動かない事実だとしても、利益を目指さずに店を営む人のもとで働く自分は、はたして正しいのか否か。

ときには、これこそ純粋な労働ではないかと思ったり、いいえ、労働には純粋なんてものはないのよ、と自分で否定して落ちこんでみたり。

サキが店とは別に二丁目で駐車場を管理しているように、むつ子さんは、〈一丁目商店街〉のはずれにアパートをふたつ持っていた。若いときに両親を亡くし、独り身のまま家族もつくらず、自分とお手伝いさんの二人だけだから、アパートの収入で充分に暮らしてゆける。もとより働く必要などないのである。

にもかかわらず、〈一丁目商店街〉の靴屋の隣で二十二年間、そのあと高架下に移ってからも、ほぼ休みなく営んできた。といっても、古道具屋には「売り」と「買い」があり、どちらかといえば、「買い」の楽しみの方が大きいはずなのに、そちらの方は一切していない。というのも、買う必要がないほど売るものがあるからで、これは、いまもまるで変わらず、そのままである。

一カ月に一度、一丁目の奥まったところにある、むつ子さんの自宅へ出向き、蔵から出してきたいくつかの品を店まで運んで、埃を払う。拭いて、洗って、磨きをかけ、くすみや淀みを排して店に並べていく。

何を蔵から出してくるかは、むつ子さんの一存で、そのときどきの気まぐれで選ばれる。

最初の数カ月は、むつ子さんに教わりながら、一緒に店番をしていた。でも、そのうちに、むつ子さんが店にあらわれない日が増え、そうなると、いざ、お客様がいらっしゃったときに困ったことになる。むつ子さんが不在だと、当然ながら、「それは〈未来の蛸〉でしょう」と名づけることができない。私にはとても真似できなかった。名づけるのは大事な儀式で、なにしろ、むつ子さんは、電球ひとつを、〈光のお尻〉などと呼んでみせるのだから。妙なことに、彼女がそう命名すると、その電球は、〈光のお尻〉以外の何ものでもなくなる。ただの電球であったものが、名づけられたことで、すっかり姿を変えてしまう。

それで、私が最初にした仕事は、この気まぐれな値づけと名づけを、店頭に並べる前にあらかじめ訊いておくことだった。そうすれば、店主が不在であっても、あわてずに済む。

名刺大のカードに、命名された名称——すなわち、〈光のお尻〉を大きめに、本当の名称――すなわち、〈電球〉を小さめに配し、カードの裏には虫眼鏡が必要なくらい小さな字で売値を記した。正体が判っているときは、たとえば、「昭和三十年代のもの・未使用」と追記しておいたが、むつ子さんは、「正体が判らない方が面白いのよ」という考えだった。判らないから、見つけた人それぞれが自分なりの捉え方で手にするのだと。

「だから、名前なんて、あくまで仮のものです」

むつ子さんは、私のつくる値札を否定こそしなかったけれど、懐疑的ではあったかもしれない。たしかに、所詮はただの薬缶や電球であり、ただ、ひとたび呼び替えられたことで、ぐんと存在感を増す。「へぇ」と手にして眺めるうち、不思議と〈未来の蛸〉という名前は遠のき、こいつ、なかなかいい薬缶じゃないか、と本来の姿に愛着が湧いてくる。それから先は、どんな風に呼ぼうが、愛情は変わらない。

これはきっと、人間の世界でも同じことだ。どうして、人は人をあだ名や愛称で呼びたがるのか。この素朴な疑問の答えにもなる。

ちなみに、〈むっつ〉という店の名は、むつ子さんの子供のときの愛称だと聞いた。

「父親が、わたしをそう呼んでいたらしいの」

でも、むつ子さんの記憶にはないという。

同じように、物は記憶を持たなかった。

「だから、余計なお世話かもしれないけれど、わたしが代わりに思い出してあげるわけ」

命名には、そうした思いも隠されているのだった。

休む。

年中無休なるものを誰が考えたのか知らないけれど、その人は、きっと働いていなかったに違いない。どんな仕事であれ、働いていたら——たとえば、私みたいに一日ぼんやり店番をして終わり、というような仕事であっても——日曜日を発明した人は偉い、と感謝するはず。

といって、うちの店の定休日は日曜日ではない。もともと、月曜日が定休日だったところを、「好きな曜日に変えてもいいからね」と、むつ子さんに言われて、「じゃあ、水曜日で」と私が勝手に決めたのだ。

というのは、歩いて三分の行きつけの銭湯——〈桜湯〉の定休日が水曜日だったからである。仕方なく、水曜日だけは、歩いて二十五分かかる隣町の〈日の出湯〉まで遠征しなくてはならない。店を閉めてから、わざわざ遠くの銭湯へ出かけ、さらに二十五分をかけて高架下まで戻ってくるのは、いくら私が銭湯好きでも、やはり億劫《おっくう》だ。でも、行きたい。

面倒になって、もういいや、と投げ出してしまうことは多々あるけれど、どうしても銭湯にだけは毎日欠かさず行きたかった。となれば、何であっても水曜日は隣町まで行かなくてはならず、それなら、水曜日にお休みをいただき、余裕をもって、散歩がてら行くのはどうだろうかと思いついた。

本日が、その水曜日である。

休みの日だからといって、寝坊などはしない。むしろ、普段より早く起きて、それこそ面倒なことを片づけて、相変わらず、まずいコーヒーを卓袱台にもたれて渋々と飲む。それから、「さぁ」と元気よく声に出し――と、いきたいところだけれど、声はずいぶんと力なく、頭の上を元気よく通過していく急行列車の音に、そっくりかき消される。その、かき消されることも含めて、以上が私の水曜日の儀式である。

さぁ、今日はどうする。君は自由だぞ。

私は私に言う。

店番をしているときの君は、あれもしたいこれもしたい、あそこへ行って、ああしてこうして、と悶々としていたではないか。さぞや、もどかしかったであろう。でも、今日は晴れて自由だ。窓の外は晴れていないが――いや、ホントにこれがまた、見事に晴れていない。

　誰かに問い質したい。

　なぜ、水曜日は晴れないのか。

　なぜ、私の休日である水曜日だけが、毎週決まって、曇りおよび雨なのか。もしかして、「水」という字が含まれているのは伊達ではなく、他の曜日よりも統計学的に水分をはらみやすいから、そう名づけられたのか。

　でも、お天道様が決めることは仕方がない。私は神も仏も信じないが、ただひとつ、祖母がよく口ずさんでいた「お天道様は見てるから」のお天道様を信じていた。それゆえ、空をめぐるあれこれを憎めない。こちらの考えを根本から改め、雨や曇りを積極的に愛したらどうだろう、とこのごろはそう考えている。

　これは、あながち無理にそうしているわけではなく、自分はけっこう雨が好きなんじゃないかと思われる節があった。雨の日は、ただ雨が降っているだけで町がいつもと違って見える。ひからびて薄汚れたものに潤いと清浄が与えられ、視界が水でつくられたカーテンのようなもので覆われる。水の粒が道路や窓や草木を叩き、三百六十度、全方位からその音が聞こえてくる。普通じゃない。かなりの異常事態だ。

もし、他の星の使者が地球見物にやってきたら、この異常事態——水が空から降りつづける様子に感嘆するだろう。

「おお」「いいね」「なんだかいいね」

と絶賛するに違いない。

かくも雨は素晴らしい——ということにしておこう。あとは、「曇り」の問題だ。今日がまさに、その曇りで、曇りの日を愛する理由をあれこれと考え、多少、無理はあるとしても、いちおうの結論が出た。

晴れのあっけらかんでもなく、雨の静謐《せいひつ》でもなく、なにごとにも中間のほどよさというものがある。このごろ、歳のせいか——たぶんそうだ——たびたび、そう思う。ほどよい、ということ。ちょうどいい、ということ。もしかすると、大人になるとは、この「ほどよさ」を覚えることなのかもしれない。理屈として理解するのではなく、ましてや、人から聞いた話に頷くというようなレベルでもない。

　こう言うと、なんだか達観したみたいに聞こえるが、言葉を変えると、身に沁みて、体にこたえて、にっちもさっちも行かなくなる場面が増えていた。徹夜が出来なくなり、長い距離を歩けなくなり、あらかじめリストを用意しておかないと買い物も出来ない。ようするに、記憶力と持続力が低下していて、限界がおそろしいばかりに早くやってくる。そもそも、子供のころからこらえ性のない私は、無理がきかなかった。それでも、若いときは自分がどこまで出来るか試したくなるもので、若いのに、「ほどよく」などと言ったりすると、いまだったら、「ヘタレ」のひとことで片づけられるだろう。

　それが、「もう、いいや」と体が降参する日があった。以来、全般的に、いちいちが縮こまり、世間では「スロー」がどうのこうのと言っているが、余計なお世話である。はやりすたりになど関係なく、なにごともスローというか、じれったくトロくなっていた。頭もまわらずスローになり、そのくせ、口だけはよくまわって、話し始めたらいっこうにとまらない。

部屋が揺れていた——。

頭上を通過する列車だけが、何をそんなに急いでいるのか、ぼんやりとした頭を叱りつけるように私の部屋を揺さぶっていく。いつからか、慣れてしまった。住み始めたころは、ほとんど八分おきにやってくる揺れに我慢ができず、休みの日は、逃げ出すように電車に乗って、どこへでもいいから出かけて行った。自分が乗っているその列車が、高架下の一・五階に住む私のような誰かの部屋を揺さぶっているのを想像しながら——。

でも、いつからか慣れてしまった。

「君は自由だ。どこへ行ってもいい」と自分に告げながらも、傾いた畳の上へ寝ころがって、これがいちばんの自由だと思う。読みかけの本を開き、開いてすぐにうたた寝をし、不意に、はっとなってインスタント・ラーメンの賞味期限を確かめる。あと一週間。予定外だったけれど、昼食はそれですました。

まぁ、晴れていれば、どこへでも出かけたろうが、例によって、曇っているし、こういう日は、家でごろごろしているのが一番だ。ラーメンの丼を洗い、汚れた服を選《よ》りわけ、そうこうするうちに、もう銭湯の開く時休む。

間になっている。

＊

高架下に住むようになってから、何より銭湯が好きになった。

私の歴史に、まだ「父親」というものが存在していたころ、父母と三人で、駅から五分のアパートに暮らしていた。部屋は二間あって台所も広かったが風呂がない。そのあと、父がいなくなって、母と二人暮らしになってからは、母の努力で、どうにか風呂つきのアパートに住むようになった。やがて、そのアパートを離れてひとり暮らしを始めたときも、母が「銭湯代は馬鹿にならない」としつこく言うので、駅から遠くて不便だけれど、風呂つきのアパートを無理して奮発した。だから、銭湯といえば、母か父に連れられて行った記憶しかない。

それで、この歳になって銭湯に通ってみると、そこは思いがけず賑やかなところで、その賑やかさも、裸になっているせいか、ひとつも嘘がなかった。十代から九十代まで、分け隔てなく明るい挨拶が交わされ、「こんばんは」だけで終わるときもあるが、前置きもなしに、今日の昼ごはんの話から難しい人生論まで、これまた分け隔てなく楽しげに語られる。

最初のうち、私は聞き役に徹し、「はい」「ええ」「そうですか」の三つを使いまわしていた。が、そのうちいつのまにか、私までお昼ごはんから人生論までを語るようになった。

裸になっているので、建前も見栄もない。

なにより、あったかいので、緊張がほぐされて、ため息もつき放題になる。話すうち、溜めこんでいたものが湯に流されていく。

だから、ぬるい方の湯船につかっているときに、そのひとが、こちらを見て小さく会釈をしたのに、私はなんの引っ掛かりもなく会釈で応じていた。〈日の出湯〉は水曜日にしか来ないので、顔に覚えのないひとがいてもおかしくない。そのひとにしてみれば、知らない顔を見つけて話しかける気になったのだろう。

でも、そのひとは、「今晩は」も抜きに、いきなり、「あなた、ここへ一週間に一度しか来ないでしょ」と、そう言った。

「はい」と、私はそのひとの顔を、それとなくもういちど確かめたけれど、やはり覚えがない。覚えはないけれど、そのひとは私を観察していたらしい。

「わたしは、ここ、初めてです」

そのひとがさらりとそう言ったのに、「そうですか」と答えながら、あれ、初めてなのに、どうして私が「一週間に一度」だと知っているのだろう、と頭がこんがらがった。

「いつもは、〈桜湯〉じゃない？」

そんなことまで知っているのは、どうしてなのか。

〈桜湯〉には、一週間に六日通いつめているのだから、女湯の常連で知らない顔はなかった。仮に常連ではないとしても、見かけたことはない。

年齢はおそらく五十歳を超えている。髪に白いものがまじっているけれど、むつ子さんより少し若いだろうか。

顎がＶの字に尖り、声は低く、瞳の色が幾分か茶色に近かった。

まじまじと見るのも失礼なので、目を逸らしていると、

「もしかして、高架下に住んでいますか」

そのひとは、そんなことまで言い当てた。

「あの、どうして――」と訊きかけると、

「わたし、じつは探偵なんです。まぁ、今日は休みなんだけどね」

そう言って、いかにも気持ちよさそうに目を細めた。

見る。


「それで？」

〈ベーコン〉の姉さんは、いつものように煙草の煙をゆるゆると吐き出し、その手の甲は、しぼったライムの果汁で濡れていた。

二十三時四十二分の各停が、グドングドンと、乗客をたっぷり乗せて、重たげに頭の上を通過していく。

高架下18番の北側にある、ここいらで一番安くて一番ボロいバー〈アジト〉のカウンターで、私は変な名前の薄緑色のカクテルをちびちび飲んでいた。

姉さんは煙草を指にはさんでコロナビールをらっぱ飲みしている。

「ちょっとその話、ゆっくり聞かせてよ」

店を閉めたあとに、姉さんの店で荒野のベーコン醤油ライスをいただき、「昨日、私、銭湯で探偵さんと知り合って」と話したら、「なにそれ」と姉さんが腰を浮かせたのだ。

「その話、ゆっくり聞きたいから、今夜はもう店を閉めちゃうよ」

客がいないのをいいことに、さっさと閉店してしまった。

「どっか行こうよ。お酒、飲みながらでもいいよね」

ということになり、〈アジト〉まで歩いて来るあいだに、ざっと話の前置きをしておいた。

一週間に一度だけ、隣町の銭湯に行っていること。行く時間がまちまちなので、湯船で出くわす顔はまだまだ知らない顔が多いこと。昨日、知り合ったそのひとは、もちろん女性で、つまり女の探偵であり、こちらが訊く前に、自分から「探偵です」と明かしたこと。

「それで」と姉さんは灰皿の端で煙草をもみ消し、「本当に探偵だったの、そのひと」

「なんて嘘よ、ってそのひとは言ってました」

「なあんだ」

「でも、本当だったみたいです」

「どっちなのよ」

じつは、私にもよく判らなかった。いまのところの結論では本当と思われ、本当だと思うけれど、そうなると、そのひとは本物の探偵ということになる。

「あのさ」

姉さんはあたらしい煙草に火をつけ、私が昨日感じたのと同じ疑問を口にした。

「本物の探偵だったら、自分の正体をお風呂で明かしたりしないんじゃない？」

私もそう思った。たぶん、私の目は右も左も相手を疑うような三角形に絞りこまれていたはずだ。

「昔のことよ」

そのひとは、そう言って小さく息をついた。

昔、そのひとは本当に探偵事務所で働いており、探偵といっても、世間をにぎわすような大きな事件を解決するわけではない。

「浮気と行方不明と素性調査」

その三つが主で、来る日も来る日も誰かを尾行したり、周辺の人物にそっと近づいて、それとなく話を聞き出したりしていた。もちろん探偵であることを悟られぬよう、ときには、架空の人物を装って追いかけたり近づいたり――。

そんな、ある日のこと、

「ある女を尾行していたら、その女が思いがけず銭湯に入ったの。まさか、一緒に入るわけにもいかないから、しばらく外で待機していたんだけど、どういうわけか、すごく湯船につかりたくなってきて――」

その日の尾行を終えたあと、近くの銭湯に駆けこんで、ひさしぶりに町の大衆浴場を味わったという。

「なるほどね」

そこまで聞いた姉さんの様子が急に明るくなったように見えた。何か合点がいったのか、それともビールが効いてきたのか。

「それってつまり、こういうことじゃない？　探偵って仕事は常に自分を装って、隠して、場合によっては、変装なんかしたりするでしょ。言ってみれば――」

「自分はいないことになってる」

姉さんの言わんとしていることを、先まわりして口を挟んだ。

「そう。それって、きっと、それなりに快感なんだろうけど、ときには、もどかしいっていうか、むなしくなるんじゃないかな」

「私もそれ、思いました」

姉さんはガタがきている座りにくいスツールに座りなおし、

「男はさ——男の探偵はどうだか知らないけど、あたしも、まぁいちおう女なんで、なんとなく、そうなんじゃないかと思う」

などと言うそばから、姉さんの言いっぷりが急に荒っぽくなってきたのがおかしかった。

「ぱあっと裸になりたくなったんだよ、そのひと。だって、毎日、物陰に隠れたりしてるわけでしょ。探偵って聞くと、なんだかカッコいいような気もするけど、結局、コソコソしてるだけじゃん。あたしはヤだな。仕事が終わったら、ぱあっと裸になりたくなるよ」

裸になって、とは言わなかったけれど、

「探偵の仮面をはずしたくなるの」

そのひとは、そんな言い方をしていた。素顔に戻って、町の人たちと同じお風呂にはいりたくなる、と。

「だけど、ごめんなさい。ついつい、昔の癖が出てしまって。あなたのことを目が勝手に追っていました」

「ええと——」

私は、そのひとの言ったことが、聞き間違いでなかったかどうか、確かめてみたかった。

「初めていらっしゃったんですよね」

「そう。ここは今日、初めて。わたし、あっちこっち訪ね歩いているの。東京の銭湯をね。ときどき、夕方になると目を閉じて、東京のあちらこちらから湯気が上がっているのを思い浮かべるの。それで、地図をひろげて、銭湯に印をつけて。銭湯には屋根があるから、お湯は見えないけれどね」

地図を見るみたいに空の上から眺めれば、探偵の目が銭湯の屋根を透かして、東京中見る。

の湯という湯が見えてくる――。

話を聞いていたら、私にも見えてきた。頭の中に。

探偵の目は、そんなふうにどんなものでも見透かせるのだろうか。

「どうして、私が週に一度だけ来ていることを知ってるんですか」

それが何より訊きたかった。

「それはね」と探偵は口もとに笑みを浮かべ、「簡単なことです」と涼やかな口ぶりで明かしてくれた。

最初は銭湯の隣のコインランドリーで私を見かけたらしい。ずいぶん大きな袋に洗濯ものを詰めこんで、おそらく、自分の部屋には洗濯機がなく、その量からして、女の一人暮らしであれば、ちょうど一週間分の衣類やら何やらだろう。そして、彼女――というのは私のことだけれど――は、ランドリーでひと仕事終えると――ひと仕事といっても、袋の中のものを洗濯機に投げ入れるだけだが――さっさと銭湯ののれんをくぐって中に入ってしまった。ということは、彼女の部屋には洗濯機ばかりか風呂もないのかもしれない。ただ、風呂がないとすれば、毎日か、せいぜい二日に一度は銭湯に来るはず。

なのに、あんなに洗濯ものを溜めこんでいるのはどうしてなのか。

おそらく、彼女の住所はこの町ではない。といって、そう遠くから来たのでもない。なにしろ、洗濯ものが大荷物なのだから。たぶん、隣町だろう。隣の麻木町にある〈桜湯〉なら、先週、訪ねたばかり。たしか、コインランドリーは併設されていなかった。〈桜湯〉は、何曜日か忘れてしまったが、週の中ごろに休みがあったはず。その旨、壁に貼り紙がしてあった。もし、それが今日すなわち水曜日であれば、彼女は〈桜湯〉が休みの水曜日だけ、この銭湯に来ているのかもしれない。ここにはコインランドリーがあるし、一週間分の洗濯ものを洗うのにちょうどいい。

「そのとおりです」

私は少しのぼせていたかもしれない。そのひとの推理を聞いているうちに、頬のあたりが熱くなってきて、もしかして、自分はいま興奮しているのかもしれないと感じていた。

「なるほど、それは本物の探偵だね」

話をひととおり聞いた姉さんが男前にきっぱりと断言した。

「見られていたんだよ、あんた。いや、それともまさか――」

まさか？

「もしかして、あんた、尾行されていたのかも。何か身に覚えがない？　ていうか、尾行したり周辺人物に近づいたりって、さっき言わなかった？　それじゃないの？　近づいてきたのよ。あんたの知り合いが何かしでかしてさ――待って、知り合いって、もしかして、あたしも勘定に入るのかな」

「え、姉さん、何か探偵に追われるようなことでもしたんですか」

「ふうむ」と姉さんは長く尾を引くように唸《うな》ると、カウンターに頬杖をついて目を閉じた。それから、「なんだか変だよね」と急に目を開いて声を荒らげた。

「なんで、〈桜湯〉になんか来たんだろう。あれでしょ、銭湯めぐりをしてるって言ったんでしょ。でも、それは本当かな。探偵の言うことを信じていいものなの？　挙句、あんたがここに住んでいるってことまで当てたわけだよね。ちょっとおかしいよね。やっぱり尾《つ》けられてたんだよ、あんた」

高架下に住んでいると見破ったのは、私が脱衣場で服を脱いでかごに入れるとき、

「携帯電話の画面を確認しなかったから」と探偵はそう言っていた。たしかにお風呂にはいるときは、携帯電話をポケットから取り出すなり、かごの隅に無造作にねじ込んでいる。

「それは、いつでも圏外だからでしょう。そういうところで仕事をして、そういうところに住んでいる。そうじゃない？」

そのとおりです、と私はまた頰が熱くなった。

やはり、尾けられていたのか――。

少なくとも、見られていたのだろう。

空の上から眺めるように、探偵の目が私を見透かしていたのである。

考える。

それからというもの、気づくと、ぼんやり考えていた。

隣町の銭湯の湯船で出会った探偵の推理が、見事というか、釈然としないというか、思いが行ったり来たりしていた。

なぜ、私が高架下に住んでいると見抜いたのか。いや、そこで働いていることまで見事に言い当てた。

探偵の推理によれば、私の携帯電話の扱い方は常用者のそれではなく、めったに使うことなく、留守電やメールもチェックしない。それは常に電波がつながりにくい環境にいるからで、見たところ、それなりの年齢だし、とうに学生ではない。といって、会社勤めといった風情でもなく、なにしろ、水曜日の夕方の早い時間に洗濯ものを抱えて銭湯へ来ているのだから、かなり自由度の高い仕事をしているはず。たぶん、職場はそう遠くもないところにあり、少なくとも、住んでいるところは銭湯から遠くない——。

なるほど、そこまではいいとして、それで、どうして高架下に行き着くのか。

たしかに高架下は、ほぼ全域にわたって携帯電話の電波が届きにくい。〈ベーコン〉の姉さんにしても、サキにしても、〈太郎食堂〉の大将——そういえば、大将はその後、元気になったろうか——までもが、皆、口を揃えて、「つながらない」と不満を漏らしている。

しかし、あの銭湯から、「そう遠くもないところ」というのは、少なめに見積もっても、結構な範囲になる。その中には、たとえば、コンクリートで覆われた建物や、地下の住居や事務所など、圏外になりうる場所がいくつもある。

それとも、彼女は調べたのだろうか。いや、いくらベテラン探偵であっても、そこまでするとは思えない。

「まぁさ、そこは確率の問題でしょ」

〈ベーコン〉の姉さんは、私の疑念にそう応えた。

「このあたりで、そうした条件に見合って、しかも、住居と店舗が一緒におさまっているとなると、ぐんと限られてくるんじゃない？　このあたりには商業ビルは少ないし、地下はともかくとして、ビルはたいてい携帯がつながるから、可能性はいろいろあるけれど、確率が高いのは高架下と踏んだんでしょう。そう考えてみれば、むしろ凡庸な推理よね。まぁ、反射的にそう結論づけたところは、さすがに目ざといというか、このあたりのことをよく知ってるというか――」

　さて、本当にそうなんだろうか。

　例によって例のごとく、お客様がいらっしゃらないのをいいことに、少しばかり店の掃除もサボり気味で、朝から延々とこんなことばかり考えてしまう。考えれば考えるほど、おかしな話で、だいたい考察を重ねるべきは探偵であり、こちらは観察された方なのだから、腕を組んで唸ったりする必要はない。それは、あちらの仕事で、なぜ、こちらが考えなければならないのか。考えても、何の得にもならないのに。

　えいっ、と頭を切り替えるために、お茶でもいれて、おやつを食べよう。

　店の表に「ただいま外出中」と居留守の貼り紙をし、一・五階に上がって、「おやつおやつ」と呪文のように唱えた。お茶っ葉を取り出し、いそいそと冷蔵庫を覗いてみたら――なんと、なにもない。

おかしい。そんなはずはない。たしか、むつ子さんから差し入れでいただいた水羊羹がひとつ残っていたはず。さては、泥棒でも入ったか。

いや、まさか、いくら何もないからといって、水羊羹をひときれ盗みとっていく泥棒などいるものか。きっと、自分が無意識に食べてしまったのだ。

どうも、探偵の登場以来、変なことばかり考えていた。

けれども、「ない」と判っているのに、執拗に冷蔵庫の隅から隅まで確認せずにおれない。

すると――嗚呼《ああ》、ありがたや。やはり、お天道様は見てござる。そういえば、そんなものがあったよなぁ、というかすかな記憶に支えられ、あたかも後光を背負ったかのように、蜜柑《みかん》の缶詰が冷蔵庫の奥に隠れていた。なんと、素晴らしく控えめな蜜柑の缶詰であろうか。

よし。これで、おやつは確保。さぁ、お湯をわかして――いや、待った。

そういえば、このあいだ、ガラスの小鉢を落として割ってしまった。せっかく、とっておきの蜜柑の缶詰を食べるのに、ちょうどいい器がない。でも、仕方ないか。御飯のお茶碗で間に合わせよう――と茶碗を出してきて卓袱台の上に置き、いや、でもやはり何か違う、と眺めおろしていると、あ、もしかして店にあるかも、と頭の上でランプが点灯した。

「外出中」の貼り紙をした手前、そおっと階段をおり、たしか、店の中のどこかに、ちょうどよく手ごろなガラスの器が、〈冬の冠〉みたいな名前をつけられてあったはず――と外から見つからないよう身を屈めた。

しかし、どこにあるのだろう。店頭に陳列されたものを見わたす限り、それらしきものはない。もしかして、まだ店に出していなくて、むつ子さんの蔵から運んできた段ボールに入れたままか。

息を殺して忍び足になった。なんだか、泥棒になった気分である。音をたてたところで、どうせ、お客様など来るはずもない。なのに、なぜかしら、探偵に見られているような気がして、びくびくしながら、段ボール箱に近づいていったところへ――、

「美子さん」

急に背後から声がして、「あ」と「う」と「ぎゃ」がひとつになった変な音が自分の口から出た。

「どうしたの」

見れば、むつ子さんが店の中に入りかけていて、「びっくりするじゃないですか」と私が言うと、「なに言ってるの、こっちの方がびっくりですよ。外出中って表に出てたから、てっきり、誰もいないのかと思ったら――」

「いま、外出から戻ったところなんです」と私は嘘をついた。

「そうなの？」

むつ子さんは片手に提げていたコンビニの袋を振ってみせ、「お茶でもどうかと思って買ってきたんだけど」

ときどき、むつ子さんは、こうして予告もなく店にあらわれる。ひたすら寝て暮らす、と宣言したのに、ふと、気まぐれが起きて、店や高架下の様子を見にいらっしゃるのだ。

「もしかして、その辺でお茶でも飲んできちゃった？」

「いいえ」と私は声に力をこめて答えた。「ちょうど喉が渇いたところでした」

*

「――とまぁ、そんなわけなんです」

むつ子さんにも、探偵物語の一部始終を披露したところ、変に落ち着きはらった様子で、ペットボトルの中の玄米茶の残りを覗きこんでいた。

「そのひと、いくつくらいだった？」

「え？」

「その探偵さん」

「ええと、そうですね――たぶん、むつ子さんより若いと思います。といっても、ぱっと見、若々しいというわけじゃなく――あ、すみません、余計なことを言いました」

「いいのいいの。ただね、話を聞くうち、もしかして、と思い出したことがあったので」

「あ、そうなんですか」

そこで沈黙。かなり長い沈黙。

「あの」と私は飲み干したペットボトルを握りしめ、「じゃあ」と口ごもった。

「そう。もしかして美子さん、そのひとに尾行されていたのかも」

「やっぱり」

口にしたそばから、そうか、自分はやはり、「やっぱり」と心の底で思っていたのか、とさらにペットボトルを強く握りしめた。

「むつ子さんが思い出したことというのは、つまり、昔、何かあったということですか」

「そうねぇ」

「もしかして、むつ子さんも、探偵に尾行されてたとか」

「うん、そうかもしれないの」

「どういうことなんです？」

ここぞとばかりに問い詰めてみたけれど、「もう昔の話で、忘れてしまったことも多いし」と、どうも言いにくいことがあるようだった。

「四郎さんというひとが、昔いてね」

　その名前は、以前にも聞いたことがあった。そのときは聞き流してしまったけれど、今回は探偵や尾行とセットになっているのだから穏やかではない。

「歳下だったけど、結婚してもいいかも、と思った最初で最後のひと。でもね、急にいなくなっちゃって――「蒸発」って言うの？　ずいぶん探したのよ、わたし。お金も人も使ってね、探偵事務所にもお願いしたんだけど、その探偵というのが、当時としてはめずらしい女性の探偵だったの」

「あ、そうなんですか」

　でも、それ以上のことを、むつ子さんは話してくれなかった。あるいは、今日のところは、ということかもしれない。訊いても訊いても、「もう忘れちゃった」としか言わなかった。

「じゃあ、またね」と、むつ子さんが帰ったあと、ぼんやりとした頭で店番をつづけ、そのうち、夕方になって閉店の時間を迎えると、すみやかにシャッターをおろして、一・五階に上がった。

手探りで電灯をつける。

見おろした卓袱台の上に白いお茶碗が出しっ放しになっていた。

そうだった、と思い出し、冷蔵庫から蜜柑の缶詰を取り出してくると、指が貼りつきそうなくらい、よく冷えている。

缶をあけ、中身をお茶碗に流し入れて、スプーンですくって口に運んだ。

おそろしく冷えた蜜柑は甘くもすっぱくもなく、ただ痛いくらい歯に沁みるばかりだった。

想う。

さて、どうにも考えごとがとまらない。

むかしむかし、四字熟語の試験勉強で覚えた「疑心暗鬼」という恐ろしい言葉は、このことだったかと、「暗鬼」の響きにおびえている。

と同時に、想像というものについて、あれこれ考えていた。

三十路を超えたあたりから、十代のころにくらべて、より一層、あれこれ、くよくよと考える癖がついた。

私のように、のんべんだらりと生きていても、耳年増というか、耳だけじゃなく目もいろいろなものを見ることになり、ついでに、のんべんだらりなりの経験も積んで、ちょっとした情報のかけらがもたらされる。

読みかじったもの、聞きかじったもの、噂話、なんでもいい。そうしたかけらがもたらされた途端、明太子の端っこのかけらだけで御飯を二杯も食べてしまうように、とんでもない妄想が膨らんでゆく。二杯だけでは物足りず、三杯目はお茶漬けにして、「無理かな」と思いながらも平らげてしまう。

いや、食べる話ではない。

一度会っただけの湯船の探偵のこと。その話を聞いて、なにごとか思い出した様子のむつ子さんのこと。それぞれに、私なりの妄想が膨らんでいく。

そればかりか、もしかして、そのふたつは結びついているのかも知れず、そうなると、さらに飛躍した空想が募ってゆく。

あるいは、むつ子さんが四郎さんというひとを探すときに依頼した探偵が、じつは、湯船の探偵であったとか。

いえいえ、それだけじゃなく、たしか、むつ子さんは、自分も探偵に追われていたかも、と言っていなかったか。

どういうことだろう。お互いがお互いを探り合っていた？

昔のひとは——と言っても、そんなに昔でもないのだけれど、恋愛をするたび、相手の素性を探偵に依頼して探っていたのだろうか。

ただ、むつ子さんが女の探偵に依頼したのは事実のようで、ただし、恋愛中に相手の浮気の実態や腹の底を探ったわけではなく、それどころか、お相手の彼は姿を消してしまったわけである。むつ子さんの言い方を借りれば、「蒸発」してしまい、その行方を探偵に探ってもらったようだった。

三十年ほど前のことか。

となれば、探偵の来訪は三十年ぶりということになる。

これより先は私の勝手な妄想だ――。

何か思うところがあって、あの湯船の探偵は、むつ子さんを訪ねるべく、三十年ぶりに〈むっつ〉へやって来た。が、かつての所番地に店は見当たらない。とは言っても、そこは名探偵、情報収集の果てに高架下へ転居した〈むっつ〉を探しあて、昔どおりの看板を見つけて、店の中をそっと覗く。すると、三十年前と変わらず、意味不明なガラクタが並んでいる。

ところが、店の奥の番台に座っているあのぼんやりした女――私のこと――は誰なのか。むつ子さんではない。アルバイトだろうか。それにしては態度に慎みがなく、あくびをしたり、鼻うたを歌ったり。

不審に思って、さらなる情報収集を試みると、なんと、いまはあのぼんやりが店主を引き継ぎ、むつ子さんは引退したらしいことを、〈太郎食堂〉あたりで聞きつける。

それにしても、あまりにぼんやりした女だ。どのような事情でそんなことになったのか。どう見ても、店主の柄ではない。

いや、ああいう女に限って、内心、よからぬことを企んでいたりするものだ。ここはひとつ、そのぼんやりした装いの裏に隠された本性を、名探偵の腕をふるって暴いてみせようか。

それから、私を尾行し——と言っても、ほとんど高架下から離れないが——一週間の行動を追って、最後に水曜日の〈日の出湯〉で、何の前ぶれもなしに声をかけて探りを入れた。

違うか。少し妄想が過ぎてしまったか。

ただ、探偵がなにかしら思うところがあって、かつての依頼人を訪ねるというのは、それが本当であれば、なかなか興味深い。はたして、この先はどうなるのか、じつに妄想のしがいがある。

まぁ、ありがちな展開としては、三十年をかけて、「とうとう四郎さんを探しあてました」というハッピー・エンドか。

それはそれで、もちろん馬鹿にならない。ありがちな展開というのは、あり得るからこそ、ありがちと言うのだし、嘘のようであっても、決してあり得ないことではない。というか、もし本当にそうなら――本当にそうだったらどうしよう。私が動揺しても仕方ないけれど、探偵が暗躍する姿が、その体温をともなって息苦しいほど立ち上がってきた。

いや、これは妄想ではなく、もしかして、その体温は自分のかたわらにあったのではないか。

ずっと見られていた、とか。

一・五階の畳の上で、卓袱台にもたれたまま頭の中のビデオ再生を巻き戻してみる。ここ二週間くらいの、店番をしていたときの自分の姿を想う――。

たしか、お客様はこの二週間で十人くらいだったろうか。もちろん、その中に湯船の探偵らしきひとはいなかった。彼女が変装した可能性のあるひとも思い当たらない。十人中八人が常連とまではいかなくても、何度か来てくださっている方ばかりだ。皆さん、年齢は私よりも——きっと——若い。

じゃあ、そうして接客をしたり、あくびをしながら店番をしたりしているとき、店のガラス戸の向こうに、こちらを窺う探偵の目はなかったか。物陰にひそんで、息を殺した人物の気配はなかったか。

さて、どうだったか。

思い起こしながら、卓袱台の上を眺めた。缶詰の蜜柑を食べたあとの御飯茶碗と、茶碗へ無造作に突っこまれた銀色のスプーンを見ていた。蜜柑の缶詰のシロップのべとついた甘さが鼻につき、スプーンの裏の曲面に私のゆがんだ顔が映っている。

妙に静かな夜だ。

しかし、しばらくの静寂ののち、約束されたようにスプーンがかすかに震え出した。二秒後にはカチカチと音をたて、三秒後にはもう部屋が揺れ始めている。そのうち、音と振動がどしゃ降りの雨のように降ってきて、リズミカルではない走り始めのガタランガタランは、毎度おなじみの各停の音だった。急行や準急は麻木町に停まらない。だから、そうして暴走する車両は、ガガガガとマシンガンのような音で通過していく。

そういえば、いつからか部屋で音楽を聴かなくなっていた。ヘッドフォンで耳を閉ざして一人でいると、なんとなく怖いのだ。それで、ヘッドフォンをはずしてスピーカーで鳴らしてみると、今度は、音楽がガタランガガガガに八分おきにかき消されて楽しめない。

ここに住むようになって、私の耳は列車の通過音と振動音ばかり聴いていた。最初は、きっと我慢できなくなると確信していたし、むつ子さんを始め、誰もが「ここに住むのは無謀よ」と私に忠告していた。

でも、そんなことも、いつのまにか忘れている。電車の走行音については、少なくとも、昼間のうちは気にならなくなった。気になるのは、自分の心持ちが本当に澄んで空っぽのときである。そういうときは耳がざわざわして、いつも以上に音が大量になだれ込んでくる。

ときどき、夜中にそれが起きる。
〈ベーコン〉の姉さんの、とびきり濃くいれたコーヒーの威力によって、どうにも眠れず、夜中に布団の中で右を向いたり左を向いたりを繰り返す。だから、そのときは決して心が澄んでいたわけではなく、そうして悶々と寝返りをうっているときに、その音に気づいたのだ。

終電が上下とも行って一時間近く経った頃合いで、その時間にはもう、回送も走らないし、臨時貨物列車の類が走ることもない。勝手にそう思いこんでいた。

最初は、寝入りばなの夢うつつだったのかと疑っていた。でも、何日かして、また頭上をなぶるように通過していく音を聞いて背筋が伸びた。毎日ではない。法則があるのか、何日かおきに、その音と振動が深夜の部屋を撫でてゆく。

妙にやわらかく、ゆっくりと。

あきらかに通常運転の鈍行や急行の音ではなかった。そろそろと慎重に、大きな掌《てのひら》で頭を撫でられるような心地である。それは久しく忘れていた感覚で、安心する思いでありながら、その安心感には、「いつか終わりがくるのでは」と不穏な予測がスパイスのようにまぶされていた。

しかし、何が線路を走っているのだろう。こんな時間に。

音はレールと枕木を通して伝わってくる振動に違いなく、にしても、あまりにゆっくりで、どこか厳《おごそ》かだった。走るスピードから線路の上を想像すれば、ただ一両きりの電車が、停止してしまう寸前のスロー・スピードで走る様が思い浮かぶ。しかし、そんなことがあるだろうか。

おかしな想像はとまらなかった。

幽霊列車か幻影列車か、呼び名は何でもいいとして、昼間に走りそびれた時刻表にない幻の電車が、たった一両、本体から切りはなされて必死に追いつこうとしている。

自分だけが置いてけぼりにされてしまったのだ。ぼんやりしていたら取り残され、気づくと夜になり、空には月と星が青白くのぼっている。他に車両は見当たらず、あたりは真っ暗だ。きっと、車両にあかりをいれると目立ってしまうだろう。自分だけ遅れてしまったことが目につく。

だから、車内灯はつけずに暗いまま一両きりで行くのだ。

運転席には、幻のような運転手がいて、それは、どこかうつろな目をした男のひとだ。
うつろではあるけれど、暗い運転席でその瞳が猫の目のように輝いている。
どこから来て、どこへ行くのか。
もっと速く走ろうとは思わないのか。
その無口な運転士に訊いてみたい――。
ゆっくり優しく頭を撫でられ、私はその一両が通過していくあいだに、子供のように
安心して眠りに落ちていった。

聞く。

思いがけない誘いが〈ベーコン〉の姉さんからあった。

「でも、私、店があるんで」と後ろ向きな答えを返したら、

「いいじゃん、あんたが店主なんだから。あんたが休みって決めたら休みなんだよ」と押しきられた。

月曜日である。

姉さんの店は月に二回、二週目と四週目の月曜日を定休日にしていた。姉さんが休みの日に何をしているか、私は知らない。自家製ベーコンをつくるべく――姉さんいわく、燻すために――荒野をさまよっていると聞いてはいたが、半分は――いや、半分以上――信じていなかった。だから、

「今度の月曜日にひさびさに荒野に行くけど、あんたも一緒にどう？」

姉さんがそう言うのを、話半分に聞いていた。

「荒野って、どこのです？」

「あんた、荒野って漢字、知ってる？」

「字は知ってますけど」

「じゃあ、読んで字のごとしよ。川べりの、結構いいところだけどね」

「川べり？　なんですか」

「そう。東京の端っこの方で、赤羽の駅からまぁまぁ歩くけど、土手があってさ、でかい水門があって、そこがまぁ、あたしの生まれたところなの」

「え、姉さんって水門で生まれたんですか」

「あんた、それマジで訊いてんの。それとも冗談？　でも、まぁそうなんだけどね。水門のホントすぐ近くで、お産婆さんを呼んで畳の上で生まれたの。土手のこっち側の、ちっこい家が並んでるところ。神社があって、銭湯があって、団子屋があってさ。その団子屋で売ってる——あの店、なんて名前だっけ——歳だよね、もう。名前は忘れちゃったけど、そこのかんぴょう巻が最高に旨くて、たまに食べたくなる」

意地きたない話だけれど、月曜日に臨時休業をし、ひらたく言えば、一日、店をサボって、荒川の水門まで姉さんについて行った。何を隠そう、団子屋のかんぴょう巻に魅かれてのことである。

しかし、かんぴょう巻が食べたいあまりに店を休むのってどうなんだろう。あまりに自由すぎないか、私。

だいたい、水曜日はかならず雨や曇りなのに、月曜日はどうして晴天に恵まれるのだろう。天気があまりに良すぎて、高架下の住人としては、太陽がやたらにまぶしい。頭の頂上でカーンと音が鳴っているみたいで、少しばかりうるさい。

カーンとなったまま、赤羽駅から歩くこと二十分。下町の家並みが途切れて空がさらにひろがり、さらにまぶしくなって目を細める。

軽トラックがたてた埃を浴びて道を向こうへ渡り、その先の土手をのぼると、空を映した川面の青色と、川岸にみっしり生えた有名無名の植物の緑色がひろがった。それらを見守る鮮やかな赤色に塗られた重厚な水門——意表をつくような絵になる風景がそこにあった。

姉さんが「荒野」などと言うから、もっと錆びついて荒廃した水門を想像していた。しかし、とんでもありません。水門も水辺もきれいに整備されて、すこぶる居心地がいい。水辺に近づくほどに文句なく気分がよくなり、だけど、いちおう姉さんに文句を言っておいた。

「これの、どこが荒野なんですか」

「そうよねぇ」

姉さんは大きなリュックを背負いなおしてニヤニヤしている。

「でも、ここは荒川の川べりの野原だからさ、略して荒野、でしょ」

なんと、いやはや、騙《だま》されました。

騙されたけれど、いわゆる嬉しい誤算で、もし、姉さんに誘われていなかったら、私はたぶん一生ここに来なかった。自分とは何のつながりもない場所だし、こうした大きな川の近くに住んだこともない。身近に感じたこともない。東京には生まれたけれど、西陽のきつい西側生まれで、それでいて、西を流れる多摩川にも縁遠かった。

「いいなぁ」

私は腹の底から声を出していた。

天気が良くていいなぁ。川べりの風がひんやりと気持ちいいなぁ。こんなところに生まれ育った姉さんはつくづくいいなぁ、といくつもの「いいなぁ」が重なった三段弁当のような「いいなぁ」だ。

なんだか、お腹が空いてきた。

「よし」

姉さんは私と違って空も川も眺めず、川べりの芝草と雑草を犬のように確かめて行ったり来たりしていた。それから、「ここにするか」とスニーカーで地面をひと蹴りし、

「さぁ、めしだよ」と私を手招いた。

*

川のそばにいて、そういえばそうだよなぁ、と思ったのは、まずもって、水の流れる音が常にすぐそこにあるということ。そればかりではなく、「空の音」とでも言いたい、

水とはまた別の何かが流れていく音が頭の上から聞こえてきた。最初は、いつも私が頭上に列車の通過音を聞いている後遺症のようなものかと疑っていた。が、じっと耳を澄ましていると、どうもそうではない。空耳ではなく、本当に空が鳴っていた。

風の音だろうか。雲が流れる音が聞こえるわけもない。

飛行機の音？　空気の音か。

そういったもの全部をひっくるめた、大げさに言うと、この世のすべてが流れていく音かもしれない。つまり、地球のまわっている音だ。そんなものが聞こえるのはおかしいけれど、他に何と言っていいのやら。

「地球の」などと大げさな話をするなら、もっと適した場所はたぶん他にある。たとえば、オーストラリアとかアフリカとか南北の極地なんかには、いかにも地球のまわる音が聞こえる場所がありそうだ。でも、東京都北区赤羽の荒川のほとりで聞こえるのが、私にはたまらなかった。世界中に教えてあげたいような、誰にも言わずに私だけの秘密にしておきたいような複雑な思いだ。

「なに、変な顔してんの」

姉さんはリュックの中から取り出した携帯コンロを準備していた。

「あれ、泣いてるの、あんた」

「泣いてないですよ」

「じゃあ、何なのよ」

「世界は流れているんだなぁ、と」

「なに、それ」

姉さんは、黒くてごついフライパンを取り出し、ビニール袋の中から紙にくるんだベーコンを指先でつまんで引き出した。

「あれ、燻すんじゃないんですか」

「今日はいい天気だからね」

「いい天気だから、燻すんじゃないんですか」

「あんたさ、少しは考えてごらんよ。せっかくいい天気なのに、豚肉のかたまりなんか燻したら、まわりにも迷惑だし、自分にだって迷惑でしょ」

というわけで、川べりの昼御飯は姉さんがすでにどこかで燻してきたベーコンの焼きたてに、こん棒のように固いフランスパン、タッパーに詰めこまれた姉さん特製のキャベツの酢漬け——以上。

余計なものはいっさいなし。飲みものは水筒の麦茶。それも大して冷たくもなく、少しばかり甘くしてあるのがいかにも下町風だ。

とにかく、姉さんは焼きたてのベーコンを食べることに命を懸けているので、その他のことはすべて付け足しである。したがって、フライパンとコンロは是が非でも持ってくるが、お尻の下に敷くビニールシートとか、座布団なんてものはもちろん出てこない。むしろ、水筒が出てきただけ儲けものだった。

とはいえ、「ほら」と姉さんが紙の皿にのせてくれた厚切りベーコンの旨さは極上と言うしかない。姉さんが、「それさえあれば他はいらない」と主張するのもよく判る。舌の上で溶ける脂の味が一辺倒《いっぺんとう》ではなく、三秒ごとに味わいが変化していく。他に余計なものがないので、私の舌がベーコンに集中しているだけかもしれないけれど。

ひとしきり旨さに満足して、ため息などつき、なんとなく怒ったような顔でベーコンを齧《かじ》っている姉さんに、「ここって、火をおこしていいんですか」と、あたりを見まわして訊いてみた。

「駄目かもよ」

姉さんは豪快にパンをひきちぎっている。

「あのさ、この際、言っとくけど、あたしはまともな人間じゃないからね。こないだ、あんたから探偵の話を聞いて、もしかして、あんたじゃなく、あんたの近くにいる誰かに探りを入れてるのかもって、そんな話になったでしょ。あのとき、そうか、それは自分じゃないかと思ったら、いろいろ思い当たることが出てきちゃってさ。あんまり思い当たりすぎて、なんだか息苦しくなっちゃった」

姉さんはそこで、その日はじめて、川の方を眺めた。

「ここは本当にいいところだよね。ここに帰ってくると、息の吸い方と吐き方を取り戻せる。ここで川を眺めて育ったからね、たぶん、そのせいで、人生の方も川みたいに流れるままになって、なあんにも考えてないの。先のこととかね。まったく水が流れるのと同じでさ」

それから、さらに姉さんはつづけて感動的なことでも言うのかと思ったら、

「あ、やべぇ」

と顔をしかめた。

「かんぴょう巻、買ってくるの忘れちゃったじゃんか」

そう言って、ベーコンの皿に侵入してくる蟻《あり》を人差し指で次々とはじいた。

「本当だ、かんぴょう巻、忘れた」

私も少し――少しだけ――残念な気持ちになり、生ぬるい麦茶を飲みながら、はじいてもはじいてもやってくる蟻と戦いつづけた。

話す。

「それでさ」と、姉さんが食べ終わったベーコンの紙皿に執拗に乗り上がってくる蟻をはじき返しながら言った。

「いろいろあって、話は長くなるんだけどね」

姉さんは煙草を吸う真似をしていた。

「ああ、煙草吸いてぇな。でも、今日はやめとこう。知ってる？　あたし、今日はビールだって飲んでないんだから」

そういえばそうだった。

「酔っぱらうと、余計なことばかり話しちゃうからね」

姉さんは目を閉じ、それから唇に当てていた人差し指と中指をはなすと、ゆっくり長々と煙を吐き出す真似をしてみせた。

「それとも、あたしの話なんて、特に聞きたくもないか。そうだよね」

「いえ」と私は自分でも驚くほど素早く反応していた。いつも、ワンテンポ遅れている自分が、「聞きたいです」と声を大きくしていた。

*

じゃあ、話すけどね。

まぁ、思い当たるっていうより、思い出しちゃったことがいくつかあってさ。どれも忘れようとしていたことばかり。まぁ、忘れてたんだけどね。どうも、表側のあたしは忘れようとしていたんだけど、裏のあたしは、結局、そこから一歩も動いてないのかなって。ちょっと、自分でもがっかりしちゃった。

つまりね、あたしもまぁ、いろいろあったわけよ。でも、自分はそうしたことを引きずらない、負けてなるものかって、いっつもゲンコツを突き出すような感じでやってきたわけ。

（そう言って、ゲンコツを川へ向けて突き出す）

店とか、もう喧嘩腰だからさ。誰が相手ってわけでもないけど、これまで、すごくいろんな人とぶつかってきた。

まず、母親、父親に始まって――。

まぁ、じつを言うと、両親はすぐそこの、あたしが生まれた家に、まだ住んでるんだけどね。

（肩ごしに背後を指差しながら）

あたしも、ここへ来るには来るんだけど、親にはあんまり会わないの。ときどき顔は出すけどね、なんだい、何しに来たんだいって、そんな感じだし。

家出同然で家を飛び出しちゃったから、それでまぁ、すぐに働く必要があってね、最初はもちろんバイトで、調理の専門学校に行ってたけど、それはもうすぐに辞めちゃって――。

（川を眺めながら煙草を吸う真似）

いろんな仕事をしてきたけど、仕事ってあれ、どれも雇い主っていうのがいるんだよね。

　あたし、どうも雇い主っていうものと性が合わなくてさ。数えてみたんだけど、十五回、仕事を変えたの。水商売が多かったけど、それだけじゃなくて、本屋とか花屋とか新聞配達とかね。

　けど、なにやっても、雇い主はいるわけよ。

（それはまぁ、そうかもしれない）

自分でもどうかと思うけど、十五回とも喧嘩して辞めたの。全部、雇い主との喧嘩。どれも、家出をするみたいに辞めて――。

　だから、あたしは実家も含めて、家出歴十六回。とんでもない女ですよ。

（語尾が消え入りそうになって、めずらしく弱々しい姉さんだ）

　ヤバいよね、あたし。だから、もう自分は自分が雇い主になって、自分に雇ってもらわなきゃ駄目なんだって、それで自分で店を始めたんだけど、始めてみたら、今度は雇い主としてのあたしが、働いてるあたしを気に入らないの。

（笑う姉さん。苦笑ではなく、口を開けて豪快に大笑い）

雇い主の気持ちが判ったっていうか、雇い主のきつさにくらべたら、労働者はまだ自由なのよ。いつだって辞められるんだから。

つまりね、雇い主になったら、もう家出が出来ないわけ。家出常習犯っていうか、ほとんど家出マニアの自分としては、身の振り方が判んなくなって——ってこれ、全部しょうもない愚痴じゃん。なに、語ってんだろう、あたし。もうやめとこうか。

（いえいえ、もっと話してください）

ていうかね、こんな話をしようと思ってたんじゃないのよ。

あのさ、三つ目だったか四つ目だったかの仕事が洋食屋の見習いだったんだけど、そこであたし、いまの仕事の基本は全部教わって、ホント、いまでも感謝してる。けどね、やっぱり喧嘩しちゃってさ。紅茶の葉っぱのことでね。

その店では、食後にコーヒーか紅茶を出すんだけど、コーヒー豆の方はそこそこだわっているの。でも、紅茶の方は安いティーバッグでね、それっておかしくない？　だって、同じ値段とってるわけでしょ。

それであたし、勝手にいろいろ調べて、休みの日に紅茶の専門店とか飲み歩いて、マジで研究したわけ。でね、ようやく、これぞっていうのを見つけて、勝手に仕入れちゃったのよ。マスターに無断で。

ヤバいでしょ、あたし。

もし、うちの店でバイト雇って、そいつがそんなことしたら、往復ビンタよ。

(笑う姉さん。もちろん豪快に)

まぁ、あたしも言ってみれば、ビンタされたんだけどね。言葉のさ。言葉のビンタよ。

言葉の方がヤだよね。すげぇムカついて、ちっくしょうと思って、その茶葉を全部——全部っていうのは一年分仕入れちゃったんだけど、もう、すごい量でさ、それをマスターが見てない隙《すき》に少しずつ運び出して、まぁ、ようするに全部盗み出したわけ。盗んで逃げてきちゃったの。「辞めます」って書き置きして。

ああ、ヤバいよねぇ。

(姉さんは、なぜか顔をごしごし洗うような仕草。赤面なのか反省なのか)

いちおう、最後の半月くらいの給料をもらわないで出てきたんだけど、まぁ犯罪だよね。いや、それで探偵を雇って、あたしを追いかけてるとは思わないけどさ、ヤバい話っていうと、まずは、それかな。

で、その紅茶を二年くらいかけて飲んで、それでもう本当に飽きて、嫌になって、それで、うちの店には紅茶がないわけよ。

（ああ、そうなのか、と思いながらも、おいしいコーヒーに飢えていた私は、紅茶のことなどまったく気にしていなかった）

それでね、そのとき紅茶を飲み歩いて、ついでにコーヒーのうまい店も見つけちゃってさ。そこのマスターがイイ男でね、顔がもう最高なの。イタリア映画に出てくる伊達男みたいで。ちょっとインチキくさいんだけど、胸毛とかすごいの。あたし、男は胸毛なかったら駄目でさ、胸毛のない男なんて欠陥商品でしょ。そういう意味では申し分なくて、もう、コロッといっちゃったわけ。あっという間に結婚までね。

（え、そうなんですか）

うん。その伊達男と結婚しちゃって――マズったよね、いま思うとさ。でもまぁ、胸毛は充分堪能したし、なにしろコーヒーは世界一だったから。

あ、いちおう言っとくけど、あたしがいまいれてるコーヒーは伊達男の世界一に、さらにあたしなりのアレンジを加えて、世界一とは違う味にしてあるの。

で、いろいろと最高ではあったんだけど、所詮、伊達男だからね。女をつくって——ていうか、女はいっぱいつくってあったのよ。あたしより前にね。最低でしょう？

（最高と言われたり、最低と言われたり、忙しい伊達男だ）

で、さっさと別れたんだけど、ようするに、また家出ですよ。面倒なことは全部、代理人を通して処理したけど、向こうはすごく反省してて、よりを戻したいって。でも、あたしはこっちの居所も教えなかった。

それっきり。

だからね——あ、ちょっと待って、あのね、それで探偵を雇って、伊達男があたしを探してるって話じゃないのよ？　まぁ、判らないけどさ。まさか、そこまではしないでしょう。そうじゃなくて、その、あんたが風呂屋で会った探偵だけどさ、そのひとって、ズバリ美形だった？

（ふうむ——そうですねぇ。まぁ、美形なのかな、と思いますけど）

でしょう？　じゃないかと思ってさ。

まぁ、関係ないと思うけど、その伊達男は、そういう女に弱いわけよ。つきあいのあった女も全部歳上でさ、中にひとり、興信所で働いてる女がいて、めずらしいからよく覚えてるんだけど——まさか、その女とは思わないけれど、ちょっとつながっちゃってさ。いや、まさかね。

(予想外の話になって、やや、どぎまぎする私)

　人生なんて、ひと皮むいたら下世話なものよ。あんたも気をつけなさいって話。あとあと尾を引くからさ。

(あれ？　尾を引いているんですか)

いや、引いてないけどね。でも、少しはひねくれちゃうよ。

一緒に暮らしちゃったわけだからさ。

あのひとのコーヒーが世界一って思ってたし。それは、いまでもそう思うけど——これればかりは悔しいけど本当にね。だから、さっきも言ったけど、あたしのコーヒーは、そういうわけで世界一と同じ味じゃないわけ。いれ方は全部教わったんで、あたしにも出来るんだけどね。

それと、あのひとはベーコンが駄目でさ。

（あ、じゃあ、姉さんとは反対なんですね）

そうじゃないのよ。あんた判ってないねぇ。

あたしだって、ベーコンが好物だったわけじゃないの。

あの伊達男がベーコンを嫌いだったからよ。だから、あたしはいつも自分に言ってきたわけ。ベーコンさえあれば、他には何もいらないって。

見抜く。

〈ベーコン〉の姉さんの甘い言葉にのせられて、定休日でもないのに月曜日に勝手に休んでしまった。そのことが罪悪感となって、アジの干物の小骨みたいに喉の奥に刺さっている。

母から届いたのだ。アジの干物が。

「あなた、まさか、こないだ言ってたナントカ食堂で、男の子みたいに揚げ物の定食ばかり食べているんじゃないでしょうね。その歳になったら、あとはもう太るだけですよ」

母は干物に添えた手紙にそう殴り書きしていた。

母の悪筆《あくひつ》はいまに始まったことではない。異様なくずし書きである上に、常に怒っているような物言いで殴り書きしてある。しかも、文体は喋り言葉のままで、これなら電話の方がよっぽどいい。わざわざ、手紙を書いてくるということは、文章でこそ伝えられる機微みたいなものがあるのかと思いきや、母にはそうしたものがいっさいない。清々《すがすが》しいくらいだ。それでいて、電話となると、一転して、春のひなたの猫みたいにおっとりと喋る。まったく謎の母である。

が、母の手紙にはもう慣れっこだった。父がいなくなって母が働くようになり、カギっ子となった私に、母は毎日のように置き手紙をした。いまからウン十年前の話。メールも携帯電話もない牧歌的原始時代。母からのメッセージは、ほぼ毎日、学校から帰ってくると台所のテーブルの上に置かれていて、殴り書きで読みにくく、ほんの二言、三言のみ――。

「おかあさん、間に合わないよ。もう遅刻しちゃうよ。母」

なんのことだろうと、私はたびたび首をひねった。

「おかえり。母はいませんよ。悪いけど、洗濯ものを取りこんでおいて。いますぐよ。夕方から雨が降るんだってさ。母」

「残念ながら、おやつはないよ。探してもムダ。おかあさんも必死に探したけど、今日は本当に何もないみたい。母」

以上は私の記憶によるものだ。

「アジの干物よ。自分で焼いて食べなさい。魚を焼く網とかあるんだっけ。ないなら、いますぐ買ってきなさい。母」

これが今回のもので、ウン十年経っても何ら変わっていない。なにしろ、母の殴り書きは迫力があり、「食べなさい」と文字に殴られたような気がする。それで、「はいはい、判りました」と、つい従ってしまうのだ。

はいはい、と言いながら、私は少しばかり遠い高架下46番にある雑貨屋まで、魚を焼くための網をわざわざ買いに行った。母の推察どおり、以前、サンマを焼いてとんでもない火柱を経験し、以来、おそろしくて魚を焼いたことはない。網もその一件でオダブツとなった。

母の当て推量は昔からよく当たってしまう。たいていのことは見抜かれてしまう。探偵どころの話ではない。

もし、〈太郎食堂〉の大将が入院していなかったら、血気盛んな男の子みたいに揚げ物の定食ばかり食べていただろう。

そういえば、大将はどうしているだろうかと思い、雑貨屋のついでに〈太郎食堂〉の様子を窺ってきた。「しばらく休みます」の貼り紙が貼られたままで、店の中は暗く、人の気配もない。

未来の跡継ぎが二人もいるのに、どうして大将の緊急事態に活躍しないのか。私はなにしろ大将のファンなので、甲斐性のない二人の息子が、揃いも揃って暖簾を仕舞い込んでいるのが、いかにももどかしかった。二人は仲良くないと聞いたけれど、この際、どちらでもいいから——私には双子みたいな彼らの見分けがつかない——元気よく店を開いてくれたら、毎日、男の子みたいに食べに来てあげるんだけど。

そう言いたいところだけれど、大将の入院のおかげで、少々、助かっているところもあった。というのも、これも母の探偵ぶりに驚嘆したのだが、大将のファンでB定食を日課のように食べていたら、現在の体重を誰にも——サキにさえ——明かせなくなった。一日中、店番をして動かないせいもある。

だから、逸子さんから店に電話があって、

「そろそろ、蔵出しをしますから、こちらへ来てください」

と呼び出され、よかった、これで体を動かせる、という思いと、無断欠勤をした罪悪感とで板挟みになった。

「いつからでしょうか」

と訊いてみたら、

「今日からどうです？」

急な話だった。蔵出しは、大体いつも丸々二日かかるし、そうなると、また店を休まなくてはならない。

でも、いいや。罪悪感を抱えこむのは疲れるし、すみません、こないだの月曜日、勝手にお店を休んじゃったんです、とむつ子さんに明るい声で白状しよう。

「では、これから準備をして、すぐに伺います。むつ子さんにそのようにお伝えください」

先んじて明るい声でそう言ったところ、

「あれ、美子さん、何かいいことでもありましたか」

そう言う逸子さんも声が明るいというか、なんだか、いつもの事務的な言い方とずいぶん違っていた。そんな声は初めて聞いたような気がする。逸子さんこそ、何かいいことでもあったのだろうか。

＊

しかし、私も伊達に母の血を引いていなかった。たまには、探偵ばりにちょっとしたことから真実を見抜くこともある。

というのは嘘で、今回、初めて、逸子さんの声に隠されていたものを見抜いたのだ——というのもまた嘘で、逸子さんは何も秘密にしていたわけではなかった。私が、

「お待たせしました、来ましたよぉ」

と努めて元気よく、むつ子さんの家の玄関に立つと、

「いらっしゃい」

と返ってきた逸子さんの声が、隠しようもなく嬉しそうだった。

私が、むつ子さんの家を訪ねるのは、ほとんど蔵出しのときだけだが、なにしろ、むつ子さんは基本的に寝て暮らしているので、まず玄関にあらわれない。毎回決まって、「いらっしゃい」と出迎えてくれるのは逸子さんである。

ただ、逸子さんというひとは、私がいくら明るい声を出しても、自分のペースを決して崩さない。にこり、ともしない。かといって、むっつりでもなく、強でも弱でもなく普通の状態を保って、まったく動じない。そこが逸子さんの「らしいところ」で、むつ子さんが逸子さんを信頼しているのは、なにがあっても常に平熱で平然としているからだろう。

そんな逸子さんが、私の知る限り、初めて平熱ではなく、まるで微熱でもあるかのような様子を見せた。表情が限りなく笑顔に近い。いや、決して逸子さんは笑わないわけではなく、ただ、意味もなく無駄に笑ったりはしないのである。私が元気よくやって来たくらいで、笑顔になどならないはず。

しかし、今日は違っていた。

「どうしました？」

と訊いていいものかどうか迷ったが、逸子さんの顔を見たら、つい訊いてしまった。今日の逸子さんなら、限りなく笑顔に近い顔で答えてくれそうな気がしたのだ。

「ええ」

逸子さんは、その表情のまま、

「あのですね、むつ子さんがですね、今日はいらっしゃらないんです」

もう、笑顔が我慢できないといった感じで、逸子さんはそう答えた。

「え、むつ子さんが？　どうしてです？」

私の方は意外な答えに少し顔が曇ってしまったかもしれない。

「それがですね、急に旅行に行きたいとおっしゃって」

旅行？　むつ子さんが？

「どこへです？」

「どこへ行くのかは教えていただけなかったんですが、一週間くらい行ってくるからと、昨日、お出かけになったばかりです」

ふうん。なんだか今日はめずらしいことばかりで、夢でも見ているみたいだ。

「でも――」

私は夢から覚めたように、蔵出し用の軍手とマスクを入れてきた紙袋を玄関の隅に置き、肝心なことをひとつ訊いてみた。

「むつ子さんは、自分がいないのに、蔵出しをするようにって言ったんですか」

「いいえ」

逸子さんは、ほとんど笑顔になっていた。

「そんなわけないですよ。蔵出しは私が勝手に決めたことです」

「え？」

私はさらに顔が曇り、眉間にしわまで寄ってしまったかもしれない。

「どういうことです？」

「だって、美子さん、こんなチャンス、めったにないじゃないですか。いつも、むつ子さんがいるので、蔵の奥の方まで探検が出来ません。でも今日は監督がいないんです」

ふふふ、と逸子さんのひそやかな笑い声まで私には聞こえてきた。

それにしても、逸子さんがそんなことを考えていたなんて。

私はいつも、蔵出しの際に、奥の方をうらめしげに覗いていた。逸子さんは、そんな私を観察していたのかもしれない。なにしろ、奥の方には、いかにもとっておきのいいものが隠されているように見えるのだ。

しかし、鬼の居ぬ間に勝手に覗いていいものか。

ふたたび、罪悪感が忍び寄ってきて、私は喉に小骨が刺さったみたいに、大きくひとつ咳払いをした。

驚く。

「ねぇ、ちょっと待ってくれない？」

私が調子よく話していたのを、サキが手を振ってさえぎった。

「あまりにもいろんなことがあって、ひとつも頭に入ってこないんだけど。どういうこと？　湯船の探偵って何の話？」

サキの顔をこのごろ見ていないな、と思っていたが、ひさしぶりに朝の茶飲み話――正確に言うと、私のいれたまずいコーヒーを飲みながらの暇つぶし――を始めたら、「いろいろあってさ」「どこから話したらいいんだっけ」「湯船の探偵のことは知っているんだっけ？」「〈ベーコン〉の姉さんが結婚してたって話は知らないよね」「逸子さんの秘密の蔵出しは、まだ昨日のことだけど」と、私にしても頭の中が散らかって収拾がつかなかった。

「姉さんが結婚してた？」

サキはどこから手をつけていいか判らないという様子で、まずは、そこから訊いてきた。

「あ、この話は私から聞いたって言わないでね」

「他に誰か知ってるの」

「ええとね――誰も知らないかも」

「じゃあ、B子がバラしたって、すぐに判っちゃうじゃない」

「ごもっとも。じゃあ、言わないでおく」

「なに言ってんのよ。そこまで話しといて、あとを言わなかったら、勝手に想像がふくらんじゃうよ？　あることないこと、言いふらしちゃうかも」

「ていうかさ、よく考えてみたら、私も詳しくは知らないんだった。ただ、結婚したことがあるって話だけで」

「なによ、それ。あ、判った、怖じ気づいたんでしょう。あとで姉さんにこっぴどく言われるから。だいたい、どうして、そんな特ダネをB子なんかに話したんだろう」

「なんか、は余計でしょう。まぁ、でも、たしかになんでかな。私もよく判らないうちに、姉さんとピクニックなんかに行ったりしちゃって」

「ピクニック？　いちいち、訳判んないんだけど」

「あ、そうか」

私はゴゴゴゴと部屋が揺さぶられる中、卓袱台にコーヒー茶碗を置くと、

「だからアレなの、すべては探偵がきっかけなのよ」

発端を思い出した。

つまり、かくかくしかじかで、うんぬんかんぬんで、犬も歩けば棒に当たって、風が吹けば桶屋が儲かって、

「――というわけなの」

「ちょっと待って」とサキ。「その銭湯で会ったっていうひと？　その人が本物の探偵だっていう証拠はあるわけ？　ないのよね？　昔はそうだったかもしれないけど、いまは少なくとも、ただのおばさんなんでしょう？」

「ねぇ、サキ」私も言いたいことが次第に判ってきた。「その人がさ、サキの言い方を

借りて言うなら、ただのおばさんだっていう証拠もないよね。これはさ、昔とか今とかっていう話じゃなくて――」

たとえ、それが大昔であったとしても、探偵の目を持った人が、まるで湯船の中からあらわれたみたいに、こちらの生活圏に入り込んできたのだ。

誰かが何かの本に書いていた。探偵というのは、かならずしも事件が起きたからあらわれるのではなく、探偵があらわれたことで、それまで見過ごされていた物事に「事件」としての輪郭が与えられる――とか何とか。

だから、問題は探偵が本物であるかどうかではなく、私の目の前にあらわれてしまったことが問題なのだった。ひとたび、あらわれてしまったら、私を含む私のまわりの人たちすべてが、「隠されていた事件」に輪郭を与える可能性がある。

「なるほどね」とサキ。「ということは、あたしもそのひとりになるわけだ」

「そうそう」と私。「むしろ、サキこそ、私にとって母の次に近しい存在なんだから、探偵からしてみれば、もし、サキの周辺を洗い出すことになったら――」

そこまで話したところで、サキがそれとなく目を伏せたのを私は見逃さなかった。私にだって探偵の素質はある。なにしろ、当て推量の名人と言っていい母の血を引いているのだから。

「あれ？」と私。

「なに？」とサキ。

「もしかして、サキもなの？」

私がそう言った途端、午前十時四十五分の特急列車が、すさまじい音をたてて頭上を通過していった。そのタイミングというか間合いの良さがあまりにも出来すぎていて、ゴオオオとつづいた音と振動が通り過ぎ、嘘のように静まりかえると、安っぽいメロドラマの演出みたいに、私はゴクリと唾を呑んだ。

「なに、唾なんか呑んでんのよ」とサキ。

「だって、このうえ、サキまでが」と私。「サキまで、探偵に秘密を暴かれちゃうとなると、あとはもう――」と私。

「このうえ、ってなによ。そんなこと、あたしは知らないよ。ここんところ忙しかったから、ちょっと出遅れただけじゃない。B子が言うとおり、あたしがB子に一番近いんだから、このうえ、じゃなくて、まずは、あたしからっていうのが筋じゃない？」

「え、じゃあ、本当に何かあったりするわけ？」

「だからさ、あたしとしても、まぁ、このところコーヒーを飲みに来てなかったのは、これこれこういう訳でございまして、と近況報告をしようと思って来たわけよ。ここへ来る道すがらね、どう話したものかなぁって悩んじゃったりして。それなのに、このうえ、はないんじゃない？」

まったくもって、どうなっているんだろう。

このうえ――と、サキには悪いけれど他に言い方を思いつかないのでそう言うしかなく、このうえ、サキが「じつはね」と言い出したら、サキじゃないけれど、もうこれ以上、私の貧しい脳は容量オーバーになる。まるで、「じつはね」のバーゲンセールだ。

でも、これだけ「じつはね」が連続すると、犬も歩けば棒に当たるではないけれど、この世には、大なり小なり、人の数だけ「じつはね」があると思った方がいいのかもしれない。

なにごともなく平穏無事な日々というものは、多くの人たちの「じつはね」で成り立っている。

この世の平穏は、多くの人たちのやせ我慢と隠しごとと沈黙で出来ているのだ。なんだか、さみしい結論だけれど、そんな結論に至るしかないのなら、探偵なんてものは、もうこの世に必要ないのかも。

それに、隠しごとがないことを「平穏」と呼ぶはずなのに、平穏のために隠しごとをするなんて、平穏を裏切っているみたいだ。

——というようなことを考えていたら、私はなんだか訳も判らず鼻息が荒くなってきた。

訳も判らず、

「いいよ」

と、サキの目を見て言ってしまった。

「なんでも聞くからさ、なんでも話してよ」

「なによ、急に」

サキは気味悪そうにそっぽを向いてから、「あ、判った」と、またすぐに目を合わせた。

「〈ベーコン〉の姉さんに言うんでしょう。それで、あたしに姉さんの話をバラしちゃったことをごまかすんじゃない？」

「そんなこと、企んでないって」

「あのね、B子。この話は姉さんに——ていうか、誰にも言わないでほしいんだけど」

「うん、判った、誰にも言わないって約束する」

たとえ、この世に人の数だけ知られざる「じつはね」があるとしても、私たちにはまず信頼というものがある。友情とか愛情というものだってある。このときとばかりにそれらを活躍させれば、どんなものにも動じないし、矢でも鉄砲でも持ってこいだ。「じつはね」のひとつやふたつ、なにほどでもない。

さぁ、かかってきなさい。

「じつはね」

と、サキが切り出し、

「あたしさ、〈太郎食堂〉の息子とつき合ってるんだよね」

私の目を見ないでそう言ったとき、「ええっ」と私が仰天するのと同時に、今度は午前十時五十六分の快速が、特急に負けじとばかりに轟音を響かせた。

「いちおう、弟の方なんだけどさ」

そう言われても、私には、どちらがどちらなんだか判らない。

兄が一郎で、弟が二郎であることは知っている。

そして、弟は二郎の方だとして、たとえば、写真パネルを見せられて、「さぁ、どちらでしょう」とクイズを出されても、たぶん私は答えられない。

「さて、どちらでしょう」

「ええと、これは二郎さん、ですか」

ブー。残念でした――ということになっても、それでもまだ覚えられない。

三十ウン年、生きてきた経験から言うと、「どうしても覚えられないもの」というのは、自分にとって、どうでもいいものであることが多い。そんなもんだよね、ははは、と普段なら笑って終わりなのだが、そんな、どうでもいいものとサキがつき合っているとは――。

この驚きは、もしかすると、探偵が登場して以来、私をいちばん混乱させた「じつはね」であったかもしれない。しかも、「じつはね」とサキは容赦なく話をつづけ、

「あたし、食堂の手伝いをすることになるかも」

思ってもみないことだった。

「それで、じつはね――」

まだ、あるらしい。

「じつは、大将の入院って、あれ、仮病なんだよね。じつは、息子たち二人はそれを知らないんだけど」

さすがにもう、お腹が「じつはね」でいっぱいになってきた。

解く。

ようするに、こういうことらしい。

ある日、サキが〈太郎食堂〉で食事をしていたら、目の前で、一郎と二郎の兄弟喧嘩が始まったのだ。まだ、大将が入院――仮病だけど――する前のことで、何がきっかけでそうなったのか、経緯は判らない。

が、客――そのときは、たまたまサキしかいなかった――のことなど、そっちのけで、かなり激しくぶつかっていた。きっかけはともかく、喧嘩の核心は〈太郎食堂〉をどちらが引き継ぐかで、大将の見ている前で、「オレだ」「いや、オレだ」と派手にやり合ったらしい。

しかし、これには裏があり、じつのところ、弟の方はもとから〈太郎食堂〉を引き継ぐつもりなどなかった。

というより、順当に考えて、兄が引き継ぐのだろうと前々から考えていた。ただし、自分なりに、〈二郎食堂〉でも開けばいいと心に決めていた。

食堂を営むことには興味があり、ひととおりのイロハは父親から学んでいたから、自分なりに、〈二郎食堂〉でも開けばいいと心に決めていた。

ところが、兄は兄で弟が引き継ぐものと思っていた。

父は自分よりも弟を可愛がっているし、自分には教えてくれなかったことを弟には教えこんでいる。きっと、父は弟に店を継がせたいのだと思っていた。でも、自分は食堂が好きなので、いずれ自力で、〈一郎食堂〉を開くしかない——と、こちらもまた胸のうちにそう決めていた。

一方、父親であるところの大将は、息子二人が食堂の仕事をしたいと望んでいるのを、まるで知らなかった。むしろ、息子たちは自分を嫌っているに違いないと思っていたのだ。大将の願いはただひとつで、兄弟が力を合わせて〈太郎食堂〉を継いでくれることだった。

兄弟は、お互い「オレが」と口では言い争っているものの、ひとしきり主張を述べた上で、相手に譲るかたちで話をまとめたいと思っていた。そうすれば、父親に対しても相手に対しても角が立たない。ここは、さすが兄弟なのだが、どういうものか、父親の前では喧嘩になってしまう。

「そこまでは判ったけど」と私はサキの顔を見て頷いた。「それで、弟の方がサキに相談してきたってこと？」

「違う違う」とサキは首を振った。「相談してきたのは、兄でも弟でもなく、大将なの」

「大将が？」

「最初はその喧嘩のときにね。大将はあたしのそばに来て、大声で言い合っている二人を見ながら、どうしたらいいと思う？って訊いてきたわけ」

「ちょっと待って。その時点で、サキはもう弟と——その何というか、関係があったわけ？」

「ないよ。そうじゃないの。あたしは、その時点ではただの食堂の客。それも、たまにしか行かなかったし、ただの客もいいところよ。正直、なんなのよ、この兄弟、御飯がまずくなるからやめてほしいって思ってた」

実際、その日はおいしく食べることが出来ず、当分は行かないつもりでいたところ、なんと、大将がサキの店にあらわれて、結んだ口の前に人差し指を立てて言ったそうだ。

――こないだは、大変お恥ずかしいところをお見せしてしまった。どうか、御内密に願いたい。息子たちは、あの調子で毎日のようにいがみ合っていて、このままでは二人とも、〈太郎食堂〉から離れてしまう。自分はもういい歳だし、そろそろ隠居を考えている。なんとか、息子たちに店を継いでほしいのだが、一体、どうしたらいいのか――。

そこでサキはこう思った。

大将は背筋もしゃんと伸びて、どう見ても、隠居するような気配がない。生涯、現役を貫きそうだ。そういう印象が兄弟を油断させている。そこで、もし、大将が急に病《やまい》に倒れたらどうするか。兄弟はどんな反応を示すか。

「もし、なんだったら、あたしが二人の考えをそれとなく訊いてみます。大将が倒れて店をつづけられなくなったら、彼らはそのときどうするのか」

サキは大将にそう言ったらしい。

「あたしはあくまで、たとえばの話で言ったんだけど、まさか本当に――」

その二日後に、本当に大将が倒れて入院してしまった。大将は実際に心労もあって、ちょっとふらついたらしい。そこを大げさに「オレはもう駄目だ」と息子たちに弱音を吐いた。入院は検査入院で、そういえば、入院の報はサキから聞いたことを思い出した。

ということは、私のことまで騙してた？

「そうね。あのときは〈ベーコン〉の姉さんから聞いたってことにしておいた」

「ひどいよ、サキ。私にまで――」

「だからさ、こうして、B子には全部話してるじゃない。というかね、あたしだって、いろいろ驚いたというか、なんというか――」

「そうか。サキだけがみんなの思いを聞いちゃったわけだ」

「そうよ。さっきも言ったとおり、二人とも食堂はやりたいのよ。でも、それは〈太郎食堂〉じゃなくて自分の食堂なの。二人とも独立したいのよ。一方、父親は、自分がつくった食堂を息子たちに継いでほしい。二人で力を合わせてね。最悪、どちらか一人でもいいけれど、このままだと、二人とも引き継がないんじゃないかって――変な話だよね」

「そうね。もし、息子が一人だったら何の問題もなかったのに」

「たぶん、そういうこと。だって、息子たちは二人とも父親を敬愛しているし、敬愛のあまり――なんというか、結局、お互いの嫉妬なのかな」

「ようするに、自分は愛されてないと思ってるんだ、三人とも」

「そうなの。でも、じゃあ、どうしたらいいのかと考えても判らなくて」

話を聞いているうち、サキの「じつはね」は、〈ベーコン〉の姉さんや逸子さんのそれとは違うものだと感じた。

つまり、探偵の存在によって、サキの隠していたものが引き出されたのではなく、どちらかというと、サキ自身が探偵になって、親子それぞれの隠されていた思惑を引き出したかたちだった。

ただ、そこまでは理解したのだけれど、そのうえで、弟の方とつき合っているというのは、どうも聞き捨てならない。それとこれとは話が別である。

「そうね。たしかにそれとこれとは別の話。あたしは単に二郎君の話を聞いているうちに、その真面目さというか、弟のつらさっていうのかな、そこに共感しちゃって」

ふうむ。残念ながら、それでは名探偵にはなれません。たぶん、探偵は私情を消すことで初めて探偵になれるのだから、こういうときは、三人すべてに同じ距離を保たないと。

「まぁ、あたしもほら、兄貴のこととか、いろいろあったし」

サキにはお兄さんが一人いて、父親とも仲が良く、店の手伝いにしても非常に積極的だった。だから、当然、店を継ぐのはお兄さんだと皆が思っていた。私もそうだったし、サキも、もちろんそのつもりだった。

でも、ある日、お兄さんは「自分の店を持ちたい」と言い出し、父親と大喧嘩をして、仲直りをすることなく父親が亡くなってしまった。そのときの妹の目線が、二郎の目線に重なるのだろう。

「それとこれとは別なんだけどね。いつのまにか、あたしも〈太郎食堂〉物語の登場人物のひとりになっちゃった。それで、余計にこんがらがってきて――」

＊

サキの話を聞いた前日、私は逸子さんと二人で店に並べる商品を選出する蔵出しをしていた——というのはあくまで建前で、これは逸子さんのいたずら心から湧き起こった蔵出しの番外編だった。目的から言ってしまえば、「覗き見」で——いや、本当に「ちょっと覗くだけ」だったのだ。

良いことか悪いことかと言ったら、あまり良いことではない。でも、真面目という言葉を体現したような逸子さんが、大胆な「覗き見」を企んだこと自体が愉快だった。逸子さんの企みの底に何があるのか知らないけれど、単なる好奇心なのだとしたら、私も思いは同じである。

蔵の中の一番奥に、むつ子さんが指一本触れさせない大きな黒いつづらがあった。他のつづらと違って、艶があって、丈夫そうで、つづらの下には赤い毛氈《もうせん》が敷いてある。初めて蔵出しに参加したとき、私が赤い毛氈に目をひかれて、「あれは」と言いかけたら、「あれはいいの。あれは触っちゃだめ」と、むつ子さんはにべもなかった。

想像を超える「いいもの」が隠されているに違いない、というのが私のひそかな推理だったが、逸子さんは、私よりもずっと長く推理をあたためてきたはずだから、いざ、

つづらを縛る紐を解こうとしたとき、

「手が震えます」

　と本当に両手を震わせていた。

　私の方は、あまりに紐の結び目が固くて、その手ごわさゆえに手が震えてしまった。夜には筋肉痛になり、その結び方の強さに、むつ子さんが、そのつづらに封じたものが、ただならぬものであると伝わってきた。

「やっぱり、やめましょう」

　逸子さんが紐を解いたところで、額に汗を浮かばせてそう言った。

「でも、やっぱり見ちゃいましょうか」

　結局、見ることになった。

　二人で力を合わせて大きなつづらのふたをはずすと、さて、何と中に収められていたのは、同じ黒い小さなつづらが、ひい、ふう、みい、よ、いつ、むう――。

　十を超える数だった。

　それぞれのつづらは、どれもしっかりと紐で封じられ、その結び目も見るからに固そうである。逸子さんと私は言葉を失ったように、ため息で会話をした。
(中を見たいような)
(見たくないような)
(ここまでにしておきましょうか)
(今日のところはね——)

通う。

サキが語る〈太郎食堂〉物語をひととおり聞き終え、私がまず最初に思ったことは――サキには内緒だけど――、

「ひとまず、他の食堂を探さないと」

これは心の中でつぶやいたのではなく、サキが帰ったあと、部屋の中で声に出して自分に言ったのである。

このままだと大将の復帰はまだ時間がかかりそうだ。場合によっては、これきり引退かもしれない。兄弟が、それぞれに食堂を開くのは、いつのことになるやら、はかりしれない。

〈ベーコン〉の姉さんのまかない御飯は、あくまで大将が戻ってくるまでのつなぎと考えていたけれど、どうやら、そういう話ではなくなってきた。

とはいえ、どこに私好みの食堂があるというのか。そんなものは、きっとどこにもない。

私は食堂が好きなのではなく、はっきり言って、大将が好きなのだ。たとえば、大将が焼き鳥屋に転身するなら、焼き鳥屋に通ったろうし、おそば屋になったら、迷わず、そこへ通う。

もちろん御飯も食べたいので、まぁ、つまり一石二鳥だったわけで、三十ウン年の月日で私が学んだことは、人が進んでどこかへ通うときは、通う理由がふたつ以上あるということだった。ひとつでは、自ら進んで通ったりしない。月に一度、顔を出すくらいならあるかもしれないけれど、そんなものは通っているうちには入らない。放っておいても、毎日、体が自然とそこへ向かうようでなければ。

これは深く考えていくと、ぞっとするような結論にたどり着く。

つまり、そのふたつ以上ある理由というのが、たいていの場合、自分の欲望に根ざしているのだ。私の場合で言うと、食欲と、それから——ものすごくマイルドな性欲か。

まさか、〈太郎食堂〉の大将に性的興奮を覚えているとは言わないけれど、「いいなぁ、大将って」と思うハート形の何ごとかは、大昔に憧れの先輩に抱いていた思いと大きくは違わない。

会社勤めをしていたとき、往復九十分の、九十と書いて「くじゅう」と読みたくなる通勤に耐えていたのは、若い自分にまだ意欲があったからだ。お給料をいただくための金銭欲は二番手三番手で、とうに、あのころの自分から遠く離れてしまったので、他の欲望はよく覚えていない。

が、もしかして、出世欲とか、やはり、ものすごくマイルドな性欲とか、人一倍の負けず嫌いとか――それは欲望のひとつに数えられないか――他にもいくつかあったのではないかと思われる。

でも、私の「会社勤め人生」の晩年においては、いつのまにか、お給料をいただくために通う身になっていた。つまりは、通いたくなかった。九十分は、ただひたすらの「苦渋」でしかなかった。

いまの私は、仕事のためにどこかへ通う必要がない。仕事場は寝て起きた階下にあり、ときどき、それはとてもずるいことじゃないかと思ったりする。たぶん、私は自分の欲望とうまく向き合うことが出来ない。向き合うことを避けている。欲望のない人間などいないのに、自分の中で、それが大きく膨れ上がると、いたたまれなくなってくる。

高架下やガード下と呼ばれるところが、私は昔から好きだった。

でも、そこに住んで、そこで仕事をするとは思いもよらなかった。が、いざ暮らしてみれば、ここにいる限り、どこかに通うことがほとんどない。いちおう、〈太郎食堂〉には通ってはいたけれど、同じ屋根の下というか、同じ線路の下だ。およそのことは、高架下でまかなえる。足りないものは、足りないなりの生活を送ることでごまかしてきたし、ようするに、ごまかしが利く程度の欲望しかあらわれなかった。

思えば、こんなに自分に合ったところはないと思う。ここにいれば、自分の欲望を引き出しの奥にしまいこんでいられる。どこにも通う必要はないし、祖母の言う「お天道様は見てるから」という恐ろしい言葉からも隠れていられる。

祖母は「お天道様」と言ったけれど、私はそれを幼稚な連想で、「太陽」と決めつけてきた。

太陽が空にあるうちは、他人はもちろん、自分もごまかしてはならない。うしろめたいことに身を染めてはいけない。太陽はいつも見ているのだから。

でも、人間は弱いものだから、つい、うしろめたいことに魅かれてしまう。そうしたことを許すために太陽は西に沈み、夜のあいだだけ、お天道様は罪深き者たちを見逃してくれる。そう解釈していた。

辞書で「お天道様」を調べれば、「太陽」とあるし、誤読、誤訳、誤解はあるとしても、言葉上は間違っていないはず。

ところが、高架下で二十四時間を過ごしていると、晴天も曇天も昼も夜もなく、高架下なら、お天道様から隠れていられる、などと呑気に構えていた。その結果、日没を知らない日々となり、見えないがゆえに、いつでも頭の上にお天道様があるような錯覚＝罪悪感に苛《さいな》まれた。

これこそ、「お天道様は見てるから」だ。

そのうえ、夜中にときどき、恐ろしい列車が通過していく。あれはきっと、私の夜のお天道様に違いない。

あれは幻想ではない。最初は夢うつつだったし、なにしろ時刻表にない列車なので、夢か幻聴かと思っていた。

でも、幻聴にしては部屋がぶるぶると振動するし、他の時間帯には、あれほどゆっくり走る列車の音を聞いたことがない。徐行運転よりもさらにゆっくりで、あたかも線路を舐めるように移動していく。

何度か経験するうち、「あ、まただ」と慣れてきた。とは言っても、毎日ではないので、気づいたときは、「ん？」と声が出る。

何分くらいのことだろう。そのときは、なんだか時計の針まで、いつもよりゆっくり回っているようで、私は全身でその気配を感じていた。

「見られているな」と思う。

何もかも、その列車に見られている。

私にも判らないような——引き出しの奥にしまって、すっかり忘れてしまったものに、その夜のお天道様は光を投げかけてきた。

*

さて、三十ウン年の月日で私が学んだことのもうひとつは、力んで主張した考えほど、あっけなく撤回されるという事実だ。

特に自分を禁欲的で品のいい人間であるかのように見せようとしたときは、自分でも笑ってしまうくらいの反動に見舞われる。

結果から言ってしまうと、私はあたらしい「食堂」を見つけたのだった。

見つけて、さっそく通い出している。誰かに強要されたわけではなく、自ら進んで、ほとんど毎日通っている。

さて、それは何を意味していたか。ふたつ以上の欲望？

たしかに、ふたつ以上の欲望を充たしてくれないのなら、あんなに遠くまで行く意味が判らない。

〈やおき〉というのがその食堂の名で、高架下の柱の番号は59だ。

ちなみに、〈高架下・晴天通り〉の東の果ては60番なので、ほとんど最果てと言っていい。歩いていくのが「苦渋」とは言わないまでも、59だから御苦労様か。行って帰ってくる距離は隣の駅までの距離とほぼ同じで、減量のために歩きたかったのでちょうどいいとしても、食べれば増量になるから、あまり意味がない。まさに御苦労様である。

そもそも、私は50番より東側へ行ったことがなかった。40番を過ぎるあたりから店の数も少なくなり、もとから倉庫であったり、資材置き場であったりしたので、商店街とは名ばかりの区域だった。だから、そんなところにひっそりというか、こっそりと店があることなどまったく知らなかったのだ。

「〈やおき〉という店の名は『七転び八起き』の『八起き』からつけたのよ」

店をひとりで仕切っているおばちゃんが答えてくれた。

訊いたのは私ではない。

ついでに言っておくと、このおばちゃんが店主のようなので、〈太郎〉の大将のような私の欲望をくすぐる「おじさま」が迎えてくれるわけではない。

私がまず気に入ったのは、店先に吊るされた赤提灯だった。店を見つけたのは私の定休日で、運動不足解消のために、目的もなく、ただ60番まで歩いてみようと思い立った。そうでなかったら、あんなさみしいところまで行くはずがない。この先はもう何もないだろう、と誰もが引き返そうとするあたりに赤提灯が眠たげにともっているのを見つけたのだ。

提灯には、「にぎりめし」と白く染め抜いてあり、夕方の風がどこからか吹いて、私を呼ぶように揺れていた。

しかし、運動不足解消および減量に挑もうとしている者に、「にぎりめし」という言葉くらい目の毒になるものはない。ただ、「目に毒」の真意は、「本当は食べたい」「本当は毒じゃない」「大変においしい」である。目には毒だけれど、胃袋には幸福、という屁理屈もあった。

いろいろと考えた挙句、ここはひとつ、胃袋に幸福を授けることにした。

店の中は外観から予想されるとおり狭く、いわゆる、よくある食堂ではなく、壁に貼り出された品書きは、「にぎりめし（ふたつ）」と「焼き魚」と「味噌汁」の三品のみ。「酒」はない。漬け物がついてくる。そのときの気まぐれで、ほうれん草のおひたしや切り干し大根といったものがおまけで出てくる。

客はほとんど来なかった。

これはこの店に限ったことではないから驚かないとしても、最初の日は私ひとりだった。

次の日は、店が終わって、すっかり夜になってから行ったのだが、先客はただひとりきり。店の名の由来を訊ねたのがその先客で、その横顔が、どこか大将を若くしたようなおもむきを持っていた。

惚れる。

私ほどの年齢になったらですね、もう、ひと目惚れなんてことはあり得ないんです。なにしろ、数々の辛酸《しんさん》を舐めてきましたし——などと、私は架空のインタビュアーに答えている。

なぜ、私が色恋沙汰をめぐるインタビューを受けているかは横に置き、そうした乙に澄ました答えとは裏腹に、どうやら、私はひと目惚れをしてしまったらしい。その——つまり、大将を若くしたみたいな横顔のひとにだ。

むかしむかしの学生のころ、サキが天体研究サークルの先輩にひと目惚れをしたことがある。そのとき彼女は、

「ひと目惚れって、横顔にするものだよね」

と名言を残したが、サキらしいオチがそのあとに加えられた。

「正面からだったら、惚れなかったかもしれない」

学生のときはなにしろ暇だったので——いまも大差ないけれど——「斜めから見たらどうかしら」とか、「後ろ姿も案外いいよね」とか、議論は果てしなくつづいて、やはり横顔、特に男の人の少しさみしげな横顔にひと目惚れは発生しやすいという結論になった。

あれから幾とせ、数々の横顔をそれとなく観察してきたが、そうそう、ひと目で惚れてしまうような事態は訪れない。

ただ、初恋は生涯に一度きりしかないとしても、ひと目惚れには限りがない。年齢も関係ない。インタビューには、「いや、もう」などと答えても、物理的には起こり得るのだ。というか、起きてしまったのである。

横顔だけではなく、声がまたよかった。

これもまた大将と同じで、低音の響きに艶がある。

「あの、〈やおき〉というのはどういう意味なんです？」

店のおばちゃんに訊ねたときの声の響きが独特で、まるで、そのひとの声が自分の胸板に共鳴したみたいだった。

おばちゃんが、〈やおき〉の意味を説明するのを聞くその横顔。話に頷く様子。話をひととおり聞いて、「なるほど、そういうことですか」と納得したら、それ以上、余計なことは言わず、あとは黙々と、にぎりめしを頬張っていた。とてもおいしそうに。なんというか、そうした一連の仕草が、とても「横顔」的だった。

そして、ただ一度だけ、こちらを一瞥《いちべつ》したその目。

その一瞬の目の輝きを私はしっかり見たのだから、つまり、私と彼は目と目が合ったことになる。赤面。どこか野生動物のような、横顔から正面に変わって、またすぐ横顔に戻るまでの刹那の目。

その日、私が見た彼は、横顔と刹那の目と背筋が伸びた後ろ姿だけで、それなのに、帰り道の高架下を歩くとき、店々や柱の陰のあちらこちらから、あの目がこちらを見ているような気がした。

部屋に戻ってからは、なぜかいつもより顔をごしごしと洗い、卓袱台の前に座りこんで、ふうううう、と大きく息を吐いた。その途端、閉じた瞼《まぶた》にあの目が光って、あわてて目をひらく——。

この歳になってからのひと目惚れは、ひと目惚れには違いないけれど、どこか言い訳めいたものが邪魔していた。

一、あの横顔にひと目惚れしてしまったのは、どうやら間違いない。
二、それは認めましょう。
三、でも、それはまさに「あの横顔に」であって、「あの人に」ではない。
四、なにしろ、私はあの人のことを何も知らない。
五、どんな仕事をしているのか、何歳なのか、独身なのか。
六、独身だとしても、おつき合いをしているひとはいないのか。
七、何を考えているんだ、私は——。
八、こういうときは、まず、お湯をわかすこと。落ち着いて。いつもどおりに。
九、お湯がわいたら、お茶をいれて、いつもどおり心穏やかに飲むこと。

はい。飲みました。

なのに、全然、味がしない。味に集中できない。というか、お湯をわかしてお茶を飲むまでの行動がすべて自動運転で、いつのまにか、お茶を飲みながら、（どんな仕事？）（何歳くらい？）と頭が勝手に働いていた。

そんなことを考えている場合ではないのに。

本当はサキに自分なりのアドバイスが出来ないものか、そのためには、まず自分なりに〈太郎食堂〉の今後を考えてみよう、などと思っていた。それなのに、ひと目惚れとは、まったく自分勝手なものである。

（どんな仕事か――）

あの時間に、あの店でにぎりめしを食べているのだから、私と同じように、ここからそう遠くないところで仕事をしているのではないか。もしかしたら、同じ高架下かもしれない。夕方に仕事を終えて、晩御飯を〈やおき〉で食べていたとか？ でも、常連ではなかった。店の名の由来を訊いていたのだから。

あるいは、あの日が初めて、ということも考えられる。というか、もしかして、「あの日だけ」だったのかもしれない。

嗚呼、そうか。通りすがりかもしれない。きっと、そうだ。なんだか、そんな気がしてきた。

しかし、そうではなかったのだ。

私は欠かさず毎日通い詰め、思わず「嗚呼」が声になって出かかった三日目のこと、夜の始まりの時刻に、「横顔のひと」はごく普通にあらわれた。今回は私の方が先に店にいたので、がらがらっと戸がひらく音がして目をやると、横顔ではなく正面からの顔をはっきり拝むことが出来た。というより、「正面からはっきり」は初めてだったので、最初は彼であると確定できず、五つ離れた席に座った横顔を見て、ようやくひとり静かに、「やった」と小声で叫んだ。

「にぎりめしと焼き魚と味噌汁」

じつに、いい声だ。

もしかして、この声を売りものにした仕事をしているのかもしれない。市場で声をあげるような鍛えられた喉。あるいは、歌を歌っているとか？　いや、どうもそんな風情ではない。では、どんな風情なのかというと、それもうまく言いあらわせない。年齢は——たぶん私と同じくらいか。印象としては少し歳下？　おそらく、お金持ちではない。妻子は？　いないかな？

ふうむ。

結局、何も判らない。

やはり、私は探偵になどなれない。というか、こんなときこそ本物の探偵に活躍してほしかった。いまなら、調査の依頼も辞さないかもしれない。

*

そういった事情もあって、私はどこか期待をこめて銭湯に通っていたのだった。期待を叶えてくれる確率が、どのくらいであるか考えることもなく。つまり、あの探偵と、もういちど〈桜湯〉か〈日の出湯〉で出会えないものか、と。

探偵さんの言っていたことをそのまま受けとるなら、彼女は、このあたりの住民ではなかった。都内の銭湯を巡礼しているのだと言っていたが、その時点で、再会の可能性は大幅に下がる。そのうえ、彼女と話をしたのは、〈日の出湯〉の湯船である。私は一週間に一度しか、〈日の出湯〉に行かなかった。となると、確率はさらにダウンする。

それでも、私はあのとき、そんな探偵さんと湯船で出会った。あの一期一会は、どれほど低い確率であったことか。

いえ、これはなにも、「探偵と一週間に一度の湯船で出会う確率」に限った話ではない。どんな人との、どんな邂逅《かいこう》でも、常に確率はきわめて低い。それが自分にとって、本当に大切な出会いであったとしたら、数字で示される確率など意味はなく、それはもう、ほとんど奇跡と言っていい。

こんなことにいまさら驚く自分はどうかしている。でも、人は最初の出会いにはおよそ鈍感で、奇跡などとは思いもよらない。

が、二度目、三度目となると、「あ、偶然だね」とお互い声をあげて、ひどく驚いたりする。

ましてや、もういちど会いたい、と思っていたのなら、なおのこと。

もっとも、誰かと出会うたび、「なんという奇跡」と驚いていたら、それはそれで暑苦しい。だから、人はいちいち驚かなくなった。唯一、出会った瞬間に、奇跡に似た感情を抱くのがひと目惚れで、たまには、ひと目惚れなどしてみると、出会うことの奇跡がおさらい出来る。

――といったようなことを、〈ベーコン〉の姉さんに話してみたところ、

「あんた、ひと目惚れしたんだ」

そこだけ、しっかり切り取られてしまった。私としては、もっと幅広く「出会い」というものについて話したつもりで、もちろん、「横顔」のよの字も言わなかったのに、

「どんな男なの？　いくつくらい？」

と、しつこく訊いてくる。

「知らないです」とコーヒーカップの中を覗き込む。

「うん。まぁ、それはそうか。知らないからこその、ひと目惚れだからね」

「え？」

「ひと目惚れっていうのはさ、言ってみれば、相手のことをほとんど知らないのに惚れ

てしまうってことでしょ」

それはまぁ、たしかにそのとおりで。

「それこそ、名探偵だったら、ひと目見ただけで、あれこれ見抜いちゃって、まぁ、いわゆる顔に書いてあるってやつだよね」

まだ、横顔しかよく見てないのだけれど——。

「てことはさ、名探偵になっちゃうと、ひと目惚れは難しくなるわけだよね。それって、なんだかつまらないよねぇ」

「そうですよ、そんなの面白くないです」

「でもさ、あたしはひと目惚れで結婚して失敗しちゃったわけだから」

嗚呼。そういえば、そうだった。

会う。

Tシャツの裾に、乾ききった歯磨き粉が白くこびり付いている。

いつ、そんなものが付いたのか知らない。昨夜か今朝か。いや、Tシャツは、今朝、着替えたのだから、朝、付いたのだろう。

でも、歯磨きをした記憶がなかった。したような気はするけれど、どうも自信がない。

朝食は？　たしか食べたように思う。いつもどおりだ。トーストしたパンを一枚とバナナを一本。たぶん、食べた。それから？　そのあとどうしたか。

今日は店が休みなので、少し部屋の掃除をして、それから、どうしたろう。

まずい。ただでさえ、ぼんやりしているのに、ひと目惚れの後遺症というか、もしかして、そこから一歩踏み出して、「恋」の領域に片足のつま先くらいは立ち入ってしまったか。

〈ベーコン〉の姉さんが言っていた。

ひと目惚れは「風邪引き」で、恋になれば「病」になり、愛ともなれば「重病」で、結婚は「入院」だと。

「じゃあ、離婚は何ですか」と訊いたら、

「離婚は、かすり傷だね。まぁ、あたしとしては、どうってことなかったけど」

「けど？」

「かすり傷だったのに、いつまでも治らないことってあるじゃない。あたし、右の親指のここんところ——ほら、これね、この白く浮き出た傷あとって、子供のときにバラ線で引っかいて、ちょっと血が出ただけなのに、一生ものになっちゃった」

「それはつまり、いまでも傷が癒えてないってことですか」

「まぁ、そういうことなのかな。こういう傷あとって、もう消えないっていうか、ああ、そういえば、って見るたび思い出すし」

そういえば、私も左手の甲に姉さんと同じような白く浮き出た傷あとがある。子供のころに割れたコップの破片が突き刺さり、かすり傷では済まなくて、結構な傷になってしまった。そのとき、たまたま日曜日で父が家にいて、手際よく手当てしてくれたおかげで、ほどなく傷口はふさがった。でも、どういうわけか他の傷口と違って、何度かかさぶたが出来ては剝がれ、結局、姉さんの言う「一生もの」の傷あとになった。

「あのさ」——と記憶をたどっているこちらの目を覚ますように、姉さんが私の肩を叩いた。「言っとくけど、ひと目惚れしたばかりなのに、離婚のことまで考えるなんて馬鹿らしいよ。いまのところは風邪引き程度のリスクなんだからさ、思う存分、楽しまないと」

　姉さんの顔がやけにニヤニヤしていた。どうやら、姉さんは他人事《ひとごと》だと思って楽しんでいる。

　そうして姉さんの言葉を思い出しながら手の甲の傷あとを指先でなぞり、私はしばらくぼんやりとして、卓袱台の前に座っていた。ひろげたタオルの角を水で濡らし、Ｔシャツの裾の白いしみをつまみ上げるように拭いとる——。

　いまなら、まだこの程度で済む。拭えば簡単に消えてなくなる。が、深みにはまれば、これが傷になって、一生ものになる場合もある。

さて、もし、このタイミングでなかったら、私はなにしろ五割増しくらいでぼんやりしていたのだから、きっと彼女に気づかなかった。裸じゃなかったし、湯船の中でもなかったのだし。

*

ただ、ちょうど銭湯に行く途中だった。週に一度の〈日の出湯〉まで、あともう少しというところに、ときどき立ち寄る喫茶店がある。店の名は〈しじま〉で、喫茶店だから、もちろんコーヒーや紅茶がメニューの最初に並んでいる。

でも、ここはクリーム・ソーダが名物だ。

サキに教わって試してみたら、あまりにおいしくて、病みつきになってしまった。銭湯の行き帰りに、気が向くと立ち寄っている。

商店街のにぎわいからはずれた一角にあり、店の中は昼でも薄暗く、細身の蝶ネクタイを締めた妙に腰の低い初老のマスターが、アルバイトも雇わずにひとりで営んでいた。

たぶん、半世紀以上はつづいている。

ちなみに、コーヒーの味は知らなかった。いつもクリーム・ソーダを頼んでしまうので飲んだことがない。クリーム・ソーダについてなら、いくらでも話せる。オレンジとバナナがミックスされた、つくりたての新鮮なジュースを炭酸で割ったものに、子供のときにデパートの食堂で食べたのとまったく同じ味のアイスクリームがのってくる。

おいしいものというのは、たいていの場合、手間ひまがかかっていて、そのうえ、何かしらを思い出させる。昔のことや、遠いところや、ずいぶん会ってないひとや——などと考えつつ、アイスクリームをスプーンですくいとって口に運びかけたところ、ふと、店の奥からこちらを見ている目に気がついた。

知っている目だ。その目を私は知っている。

「まさか」と自分に小声で言って、手もとのクリーム・ソーダを眺めてから、また視線を戻した。向こうもこちらを見て少し笑っている。間違いない。嘘みたいだけれど。

それとも、結局、私は尾行されていただけなのか。

いや、そうではなかった。ここでこうして会うのは思いがけないとしても、私と彼女の出会いは、すでにもう済んでいる。つまり、奇跡のようなことは済んでいて、これは一見、嘘みたいだけれど、その奇跡の延長に過ぎないのだ。それはそうなのだが、しかし、もういちど会いたいと思っていたひとに、そう思っている最中に会うのは、やはり奇跡だろうか。

「そっちに行ってもいい？」

彼女は――湯船の探偵は――自分のコーヒーカップを手にして奥の席から立ち上がった。彼女が笑っていたせいもあるけれど、私もつられて笑いたくなり、小さなテーブルを挟んで目の前に彼女が座ると、私たちはまるで学校帰りに喫茶店に寄り道した女学生のように声をひそめて笑い合った。

「なんか、おかしいですね」

「ほんとに、こういうのってめずらしい。なんだか変な感じ」

なにしろ、このあいだは二人とも裸だった。出会いが裸で、二度目もまた銭湯で顔を見かけたのなら、「こんにちは」と裸で自然に挨拶を交わせる。が、二度目がそれぞれにそれぞれの服を着ていると、なんだか、顔だけは知っていて、顔から下は見ず知らずのような気がする。それでいて、一度、裸で会ってしまったら、まだ二度目なのに、ずいぶん前から知り合いであったような気にもなり、そうしたことすべてに、くすぐったいような変なおかしさがあった。

「また来ちゃった」

探偵さんは店の窓から夕陽に彩られた町の様子を眺めていた。

「銭湯にですか」と訊くと、

「今日は銭湯に来たんじゃなくて、この店にね」

彼女はコーヒーカップに手をかけて薄暗い店内を見渡した。

「わたしは銭湯巡りのついでにおいしいコーヒーが飲めるところも探していて、このあいだ来たとき、この店を見つけたんだけど、時間がなくて」

「どうですか、ここのコーヒー」

「そうねぇ、すごく控え目なおいしさで、飲み終えたら忘れてしまうかもしれないけど、たぶん、しばらくすると、また飲みたくなる」

「偶然ですか」

「え？」

「ここでこうして、またお会いできたのは偶然なんでしょうか。それとも——」

「それとも？」

「もしかして、私のことを調査しているとか」

「あなたを調査？」

「でなければ、私の身近にいる誰かのことを」

探偵さんは私の顔を正面から眺め、二度、三度まばたきをして、「偶然よ」と深く頷いた。「だって、わたしはもう探偵じゃないし」

「探偵って、辞められるものなんですか」

「それは、ちょっと哲学的な質問ねぇ」

「すみません、生意気なことを言って」

「あなた、何か問題を抱えてるの？」

「抱えているように見えますか」

「そうねぇ」と彼女は少し顎を上げ、目を細めながら私を見て、

「恋に落ちた」

顎を引いて、いたずらっ子のような上目づかいになった。

「どうして」と私は言いかけて口を閉じ、「落ちてますかね、私」とあわてて言いなおす。

「あら、本当にそうなの。適当に言っただけなのに」

「そうなんですか」

「というか、いま、そう思ったんじゃなくて、さっき、あなたを遠くから見ていたときにね、なんだか、あなたがとても活き活きしていたから」

「そうですか」

「鼻うたまじりでね。でも、このあいだはそうじゃなかった。ということは、この短いあいだに何かいいことでもあって――」

「ほら、やっぱり、あなたは探偵ですよ。銭湯でもそうでしたけど、そんなふうに次から次へと言い当てて」

私がそう言うと、探偵は顔の半分――右の頬を中心にしてニヤリと笑顔になった。限りなく苦笑に近い笑いとでも言えばいいのか。

「わたしは、これまでいろいろなひとを見てきたけれど、あなたは、とても素直なひとなんじゃない？　だから、わたしが推理をしなくても、全部顔に書いてある。顔に書いてあるものをわたしが読みあげて、そうすると、あなたがその先を話してくれる。ただそれだけのこと」

「そうなんですか。私はてっきり――」

「わたしに尾行されていると思った？」

今度は左の頰だけがニヤリと笑顔になった。

隠す。

「え？」と〈ベーコン〉の姉さんの目が大きく見開かれ、「本当に？」と訊くので、「本当です」と、しっかり答えた。なのに、「本当の本当に？」と姉さんは目を見開いたまま念を押す。

「本当の本当です」

「信じられない」

「私もそう思いますけど」

「だって、ついこのあいだ、そんな話をしたばかりじゃない。もういちど、あの探偵に会いたいとか何とか」

「ええ、そうなんですけど」

「あのさ、もしかして、あたしたちの話って、全部、盗聴されていて、向こうに筒抜けなんじゃない」

「いえ、それがどうも探偵さんは、誰のことも探っていないし、そもそも、探偵稼業は足を洗ったとかで」

「それはどうかなぁ」

「でも、笑っていましたし」

「笑ってた？　何を？　誰が？」

誰が笑っていたかといえば、もちろん探偵さんで、そういえば、彼女の苗字はヤエガシさんといって、私がクリーム・ソーダをすすりながら、ヤエガシさんにひととおりこれまでのあれこれを話したところ、「面白いわねぇ」と一笑に付されてしまった。

「あんた、いったい何を話したの」と姉さんはめずらしく脅えたような目になっている。

「もしかして」と手にしていたコーヒーカップをカウンターの上に置いて、私の目をじっと見ていた。

「ええ」と声が震えぎみの私。「あたしのこと？」「はい」「他には？」

「他？」と最初ははぐらかしていたけれど、結局、サキをめぐる〈太郎食堂〉物語の一部始終や、若きむつ子さんの恋物語などを姉さんに披露することになってしまった。

「これは本当の本当に秘密ですよ」と念を押したのだが――。

「あんたさ、あたしは、そのヤエガシ探偵に会ったことがないから何とも言えないけど、いまのを全部、話したなら、もしかして、向こうの思う壺かもしれないじゃない。まさに、そんな話を探り出したかったのかもしれないわけでさ」

そうなんだろうか。もし、そうだとしたら、私はもう誰のことも信じられない。いくら探偵だからといって、笑ってとぼけて、他人の素性を探り出すなんて。

「でも、言っちゃったわけでしょ、みんなの秘密を」

「秘密なんですかね、やっぱり」

「そうねぇ。はい、秘密です、と構えるほどのものじゃないけど、あたしとしては、あんただから話したんであって――」

「すみません」

「まぁ、話しちゃったものは仕方ないけど、笑われたのが、何だか悔しいっていうか」

「あ、それは違います。姉さんのことを笑ったんじゃなくて、笑われたのは私ですから」

それはそうだった。姉さんが離婚にいたるまでの経緯をヤエガシさんに手短に話し、「もしかして、そのことで誰かに調査を依頼されたのですか」と私なりの推理として訊ねると、「どれも、いま初めて聞く話だけど」と、ヤエガシさんは右の頬も左の頬も合わせて全面的に笑顔になった。

「たぶん、あなたの推理の方が、よっぽど想像力が逞《たくま》しいんじゃない？」

そういうことらしい。

「なあんだ」と姉さん。「じゃあ、あたしは損しちゃったじゃない。言わなくてもいいことを、あんたに話して」

「いえ、とても勉強になりました」

「恋する身としてね？」

「だから、恋なんてしてないですよ」

「その話は探偵さんにしなかったんだ」

「しないですよ」

というのは嘘である。なにしろ、私は隠しても顔に書いてあるらしいので、探偵の目を備えたひとの前で隠し通せるはずがない。でも、姉さんなら何とかなる。いちおう、顔を伏せて首を横に振ってみたけれど、それはそれで不審だったかもしれない。

「あんた、ずるいじゃない。あたしの恥ずかしい話ばかりして、自分のことを言わないなんて。ていうかさ、すごくいい機会だったのに。百戦錬磨の探偵が目の前にいるんだから、あたしだったら、思いっきり相談するな。いや、こうなったら、相談じゃなくて依頼だね。名前も年齢も判らないんですけど、とある、にぎりめし屋で見かけまして、ふと、ひと目惚れをしちゃったんです。ついては、彼がどんなひとなのか調べていただけませんか、って」

「いいですよ、そんなこと」

「まぁ、たしかにひと目惚れくらいで、いちいち探偵に調査してもらうことはないけどね、目の前に探偵がいるんだから、雑談ついでに話してもよかったじゃない。もしかしたら、探偵の魂に火がついて、ちょいと探りを入れてみましょうか、なんて言ってくれるかもしれないし」

ふうむ。どうやら、本当に私の顔には、私が隠していることが、全部、書いてあるらしい。

というのも、およそまったく姉さんの言うとおりで、ただ、私は自ら進んで話したのではなく、ヤエガシさんが私の顔を的確に読んだ結果、そんな話になったのだった。

「あなたは――」とヤエガシさんは、私が飲み干したクリーム・ソーダのコップを眺めながらテーブルの上に置いた両手を組み合わせた。外はもうすっかり夜になっていて、客は私たちだけになり、ジャズなのかクラシックなのか、ピアノのソロが店内に流れて、蝶ネクタイのマスターは、その一音一音に注意深く耳を傾けているようだった。

「あなたは、あなたのまわりにいる女性たちが、皆、それぞれに小さな秘密を持っていたことに、何かしら思うところがあったんじゃない？」

「そうなんですかね」――私は自分でもよく判らないのでそう答えた。

「だって、あなたと銭湯で会ってから、まだそんなに経ってないでしょ。この短いあいだに、次から次へと話を聞かされて、驚いたり、混乱したり――それに、彼女たちを羨ましくも思ったんじゃない？」

「そうなんですかね」と私は繰り返した。

「そうかもしれないですよ。わたしも話を聞きながらそう感じたし、もっと言うと、わたしは、あなたのことだって羨ましい。そんなふうに、皆が秘密を打ち明けてくれるなんて」

「そうなんですかね」と私は他に言葉が思いつかなかった。

「ただ、あなた自身は、自分の中にある思いを、あまり口にしないでしょ。わたしが探偵ぶったことを言うとすれば、そこのところ。あなたの顔にそう書いてある。あなたにも秘めた思いはあるはずで、でも、そこには、あなた自身があまり触れたくない」

「そう――」と、私は繰り返すのをやめ、「かもしれないです」と窓の外の街灯を眺めた。白く淡い光のもとに小さな虫が集まっている。

「父のことですよね？」

私がそう言うと、

「お父さん？」

ヤエガシさんも窓の外を見て、

「そう――お父さんのこともあるけれど、その前に、まずは恋の話を聞かせてくれない？　その方が楽しいでしょう」

組んでいた手をひらいた。

「いや、何も話しようがないんです」

私も真似をして両手をひらき、ほら、このとおり何も隠していませんよ、とばかりに主張してみた。すると、ヤエガシさんは私の顔をしげしげと眺め、それまでの笑顔を消すと、すっかり探偵の顔つきになった。

「その人は、あなたがよく行く店で見かける人ですよね。まだ、話したことはないけれど」

「そうです」

「どんな仕事をしているのか、彼に恋人や奥さんがいるのか、それもまだ判らない」

「ええ、何も知りません」

「その人が誰かに似ていた？」

「じつは、そうなんです。よく行っていた食堂の大将に、どこか似ていて」

「でも、大将はかなり歳が上でしょう？　あなたのお父さんくらい」

「はい。ちょうど、そのくらいかもしれません」

「あなたは、お父さんと疎遠なのかな」

どうして、そんなことまで判るのだろう。

「いま、心の中で、どうしてそんなことが判るのか、って言いました？」

「——ええ」

「あなた、お父さんに長いこと会っていない。どうです？　たまに会いたくなることも——」

「ないですね」

少し答えるのが早かったかもしれない。

というか、あまりに素早く即答する自分に驚いた。

「じゃあ、いま、どんな仕事をしているのか、恋人や奥さんがいるのか——」

「何も知りませんし、興味もありません」

「本当に？」

「――ええと、それは、どちらの彼のことですか。その――」

「両方ですよ。本当は知りたいんでしょう？」

「顔にそう書いてありますか」

そう言って、私は自分の頬に指先をあてていた。

明かす。

「それで？」とサキが片方の眉を上げて、私の答えを待っている。

この二週間あまり、サキに会わなくちゃ、サキの話を聞いてあげなきゃ、と呪文のように唱え、私のことなんてどうだっていいのよ、と繰り返し自分に言い聞かせていた。そこへ、「まいどぉ」と、サキがあらわれ、まずは元気そうだったけれど、たっぷり二週間も「朝の茶飲み話」に来なかったのだから、まぁ、いろいろとあったに違いない。

「さぁ、なんでも聞くからね」

卓袱台にコーヒーをいれた湯吞みをふたつ並べ、「なんでも話して」と胸を叩いたところへ、

「なんかおかしい」

サキの視線が私の顔色を読み始めた。

「やっぱり？」と私。「私の顔って、そんなに何か書いてあるの」

「そりゃ、もう」とサキもまた片方の頬で笑い、「で？」と言って、ひと口飲んだコーヒーを、「あいかわらずまずいわ」と卓袱台に戻した。

「まずは、B子の話から聞きましょう」

「いいわよ、私の話はあとで」

「なるほど、やっぱり話があるわけね」

「やめてよ、サキまで探偵みたいに」

「あのね、探偵じゃなくても、B子は今日、気味悪いくらい元気がいいし、なんだか変にニヤけてる感じもあるし」

「そうかなぁ」

「まぁ、あたしも最近、そう言われるんだけどね」

「そうなの？」

「恋をしているでしょ、って」

「え？」

「どうなの？　しているんでしょう、B子も。しかも、ひと目惚れなんだって？」

「何でそんなことまで――あ、判った、〈ベーコン〉の姉さんに聞いたんだ」

「まぁ、聞いたけどさ、聞かなくても、そんなの判るよ」

「姉さんは口が軽いよねぇ、もう」

「なに言ってんのよ、口が軽いのはあんたじゃない。姉さんに言われちゃったわよ。〈太郎食堂〉の息子とつき合ってるそうだけど、って」

「嗚呼――姉さん」

「しかも、それをこないだ言ってた探偵にまで話したって」

「そこまで聞いちゃったなら、私から話すことはもう何もないかも」

「そんなことないでしょ。さぁ、何でも聞いてあげるから言ってごらん」

これでは立場が逆だった。私のことなんてどうだっていいのに、なぜ、私に話をさせたがるのだろう。

「B子がすっかり全部話したら、あたしも全部話すから」

「全部？　って言っても、姉さんに話さなかったのは、大したことじゃないし」

「じゃあ、いいじゃない。でも、察しはついてるの。探偵にもういちど会ったってことは、依頼したんでしょ。その、ひと目惚れの相手がどんな人なのかって」

「え？　うん、まぁそんなところなんだけどね、もういちど会えたのは偶然だったし、私から積極的に依頼したわけじゃなくて――」

私がそう言うと、サキはまるでその場に居合わせたみたいに、会ったこともない探偵の声色を真似てみせた。

「ちょっと探りを入れてみましょうか」

言いながら体を斜めにしている。実際はそこまで大げさではなかったけれど、たしかにヤエガシさんは少し上体を斜めにして言ったのだ。

「なんなら、わたしが調べてみましょうか」

「いえ、いいですよ」と私は首を横に振った。「知らないうちが花ですから」

姉さんに諭されたことをふまえて、そんなふうに返したが、ヤエガシさんは、「でも、そのうち知ることになるかもしれないし、どうせ知るなら、早いところ知っちゃった方がいいんじゃないの」と私を誘ってきた。

「で？　で？」

サキは私の胸ぐらに摑みかからんばかりだ。

「それで、どうだったわけ？」

「いや、話はまだそこまでなの」

「どういうこと？　依頼したんじゃないの」

「まぁ、したような、しないような」

「なによ、それ。煮えきらないわねぇ。いいじゃないの、そこまで言ってくれたんだから、お願いしますって頼んじゃえば」

「そうなのかなぁ」

「だって、あんた、彼のことを知りたいんでしょう？」

「じゃあ、サキは〈太郎食堂〉の――なんだっけ、弟の方だから、二郎君か、二郎君のことを探偵に依頼してまで知ってみたい？」

「いやいや、あたしは直接お付き合いしてるんですから、そんな必要もないし」

「そうかなぁ。判んないよ。本人は言わなくても、探偵が調べたら、知らないことが次から次へとザクザク出てきたりして」

「うん。じつは、その可能性が大なんだよね。だいたい、彼はなんていうか、知れば知るほど、子供っぽいっていうか」

「そうなの？」

「いや、じつは、そのことなんだけどね――」

そこからサキが話し始めた〈太郎食堂物語〉のつづきは、一転してというか、案の定というか、なんとも拍子抜けするような展開になっていた。

仮病のつもりで入院した大将は、ついでにこの際とばかりにあちらこちらを検査しているうち、医者から「心臓に少しばかり気になるところがありますね」と指摘されてしまった。こういうとき、「ひょうたんから駒」という言葉を使っていいものか判らないけれど、出てきた駒に驚いて、大将は本当に寝込んでしまったらしい。特に大病が懸念されるわけではないけれど、「年齢も年齢だから、食生活に気をつけて」と注意されただけなのに、大将には精神的ダメージが大きかったらしい。

さらには、息子たち二人も、「心臓が少しばかり」と聞いて同じくダメージを受けていた。いよいよ、大将に甘えて食堂をつづけるのはここまでだと二人とも意を決し、兄弟それぞれが、〈一郎食堂〉と〈二郎食堂〉を開店する覚悟を決めたかのように見えた。

それで、サキが二郎君に、「本当に自分の店を開くつもり？」と訊くと、

「兄貴もそうするって言ってるし、兄貴がやるなら、こっちだって――」

「いつから始めるつもりなの？」

「え？」

「だって、店を始めるとなったら、ものすごくお金がかかるし、準備期間だって、どんなに急いでも半年はかかるでしょう」

「そんなにかかるものかなぁ」

「ていうか、二郎君、貯金とかあるわけ？」

「いや、それがじつはまったく――」

そこでサキは絶句し、次の日に、兄貴の方はどんな心積もりなのかと、休業したままの〈太郎食堂〉で、一郎君にも会ったらしい。

サキも二郎君も知らなかったのだが、一郎君は食堂が休業しているあいだも、一日お

きに店にやってきて掃除をしているという。

「この食堂はどうするの」とサキが訊くと、

「この食堂は親父の食堂だし、前にも言ったとおり、いずれ、二郎が引き継ぐことになるんで」

一郎君は意外にさわやかな感じで割りきっているようだった。

「じゃあ、一郎君は、自分の食堂を始めるわけ？」と訊くと、「そうなるでしょうね」と、そこはもうひとつ覇気がない。いつから始めるのか、お金はあるのか、と同じ質問をしてみたら、

「お金はまだ少しだけで。だから、これからお金を貯めて、始めるのは――そう、いつになるのかな」

そう言って、さわやかな微笑を見せたという。その微笑で、サキは火がついてしまった。

「いま、〈太郎食堂〉にいるからすぐに来て」と家でごろごろしていた二郎君を呼び出し、兄弟二人を食堂の大テーブルに並んで座らせると、サキは座る間もなく立ったまま明かす。

大演説をぶった。

「おかしいでしょう、二人とも。ここに、こんなにいい食堂があるのに、どうして、これを二人で引き継がないのよ」

兄弟はサキがいきなり大きな声を出したので、二人揃って首をすくめてサキを見上げ、二人揃って子供のように頭を垂れた。

「二人とも、自分の食堂を立ち上げる準備を、まったくしてないじゃない」

そこで兄弟は、お互いのうなだれた姿を横目で確認し合った。

「大将はね、二人でこの食堂を引き継いでほしいんだって。どっちか一人じゃなく、二人でね。だから、それぞれが自分の店を持つなんてこと、まったく望んでないの。あたしに言わせれば、あなたたちが自分の店を持つなんて、十年早いわよ。準備するのは勝手だけどさ、大将の目が黒いうちは、大将のためにも——それに、この〈晴天通り〉のためにも〈太郎食堂〉をつづけてよ。どこも、それぞれに事情があって、もう店をたたむしかないところもあるけど、この店はたたむ必要なんてないんだから。これ以上、この高架下をさみしいところにしないでよ。あたしからのお願いです」

サキがそう言ったと聞いて——特に〈晴天通り〉のためにも、と言ったと聞いて、私はなぜだか判らないけれど、少し泣きそうになった。

正直言って、兄弟のことなんてどうでもよかったのだけれど——。

「あたしも手伝うからさ」

サキの声が、〈太郎食堂〉に響いたのを、私も一緒に聞いたような気がした。

知る。

このひと月くらいのあいだに、私が知っている限りでも、四軒の店が〈晴天通り〉から消えていった。

いや、本当は消えてはいない。店はまだそのままのかたちで残されている。シャッターが閉じられて営業していないだけだ。「長いあいだありがとうございました」とシャッターに貼り紙がしてある店も見られるけれど、閉めてしまったかどうか判らない店もある。〈ベーコン〉の姉さんに訊けば、およその事情は教えてくれるだろうが、いまは積極的に訊いてみたいとは思わない。

ただ、サキから〈太郎食堂〉の話を聞いて、なるほどこんなふうに店が閉じられてしまうこともあるのかと、いまさらのように理解した。その理由は複雑なようでいて単純で、それはつまり人間の複雑さと単純さであり、店というのは、結局のところ、営んでいる「ひと」そのものなのだ。
シャッターが下りたままの高架下を歩くと、そこで働いていたひとたちの顔がつぎつぎ浮かんでくる。元気よく開いている店があれば、中を覗いて、おじさんやおばさんやアルバイトの彼や彼女に声をかける。私がそんなことをするなんてめずらしい。まるで、らしくない。

この町で生まれ育ったサキは、高架下に限らず、駅の南北に連なる商店街の衰退を嘆き、「子供のころは商店街は永遠だと思ってた」と、サキもまた「らしくない」さみしげな顔になった。私もサキも楽天的な性分なので、「さて、本日もなにごともなし」と布団に潜り込めば、一分と経たぬうちに眠りに就いてしまう。それがいつからか、楽天の「天」が少々曇ってきて、天が曇ったのか、私の胸のうちが曇ってきたのか、それとも、そのふたつは同じものなのか。

商店街は永遠じゃない（かも）。

私にもし、子供がいたら——私はどちらかというと娘がほしいので「彼女」と呼ぶけれど——「彼女」にそう教えるだろうか。

断定できずに、（かも）と付け加えるのが私の楽天の名ごりだ。が、曇っていても天は天であるし、曇ったり雨が降ったりしても、いずれまたきっと晴れるだろう。誰に教わらなくても、町の人は皆知っている。というか、お天道様とは、もともとそういうもので、永遠の晴天なんてどこにも存在しない。いまは、永遠かと思えるような晴天つづきの季節が過ぎたところで、それならそれで、曇り日や雨の日の過ごし方を学んだらいい。

　毎日が晴天ではないからこそ、

「晴れたらいいね」

　と私は「彼女」に言うだろう。でも、曇っている日も好きだし、雨の日は雨の日でまたいいよ、と私は「彼女」に教えたい。

　私の楽天は母から引き継いだものに違いなかった。母はおそらく祖母から引き継ぎ、この伝統の楽天を、たとえ曇天付きであっても、「彼女」に教えたい。

（教えるためには、学ばないとね）

天から声が聞こえてきた。祖母の声だ。いつのまにか、お天道様は祖母になっている。

祖母は本当に偉大だった。こうして亡くなったあとも、私に教えてくれる。わずらわしくて払いのけていた祖母の言葉の数々が、いまになって、いちいち胸に響く。

*

その封筒入りの手紙が店に届いたのは、朝から雨が降りつづいた午後二時くらいのことだった。高架下の郵便物は配達のお兄さんが、一軒一軒、走りまわって届けてくれるのだが、うちにはまず届かないし、届いたとしても、宣伝の葉書がいいところだ。だから、とてもめずらしかった。封書で、しかも宛名が店の名ではなく私の名前になっている。しっかりフルネームで書いてあり、私は手書きで書かれた自分のフルネームをずいぶんひさしぶりに見たような気がした。

いや、そうじゃない。差出人の名前を見て、「そんなことないか」と、ひとりごとが出た。

ついこのあいだ、あのクリーム・ソーダがおいしい喫茶店で、私は差出人である八重樫君子さん＝湯舟の探偵のヤエガシさんに、自分のフルネームと店の住所と電話番号を手帳の切れはしに書いて渡したのだ。

「よかったら連絡先を教えて。いちおうね」

ヤエガシさんはあのときそう言っていた。その、「いちおうね」のひとことに、やはり、このひとは私のことを以前から知っていたのではないかとあらためて思い知らされた。尾けられていた、とは言わないまでも、それとなく観察された日が何日かあったのではないか——。

というのも、封筒から出てきた六枚のレポート用紙に綴られた文面が、

「それとなく観察してみましたが」

と、書き出されていたからである。

*

それとなく観察してみましたが、なかなか面白いことを見聞きしましたので、あなた

に御報告申し上げます。といっても、あなたから正式に依頼を受けたわけではないし、なにより、わたしはもう本当に探偵ではないので、これは決して「調査報告」ではありません。本物の「報告」は、こんなに気楽なものではないし、もっと事務的でつまらないものです。

　だから、なるべく楽しく書きましょう。実際、わたしはあなたのおかげで、ひさしぶりに探偵だったころの自分に若返った気分です。そのうえ、依頼があって調査するのではなく、どちらかといえば、自分の楽しみとして立ち振る舞ったので、仕事のつらさがまるでなく、こういう老後も楽しいかも、とおかしな空想にふけっています。

　さて、今日、お伝えするのは、あなたがひと目惚れをした彼についてです。最初に名前から書いてしまうと、彼の名前は松山太郎といいます。ね？　最初から面白いでしょう？　なんと、あなたの好きな大将と同じ名前なんです。マツヤマタロウ。わたしはもう、この名前の響きにひと目惚れしそうです。とっても明るい感じで、シンプルで、古風だけど元気があって。

　でも、ご存じのとおり、彼の見た目は、決して元気のいい男の子ではありません。どちらかというと憂いのある顔で、ちょっと困ったような眉毛のかたちで、唇がうすくて、けれども、耳たぶだけは、いわゆる福耳で。

　もしかして、わたしの勘が鈍って、全然、見当はずれの他人の報告をしているということもあるかもしれません。なので、こっそり、あなたがいちばんよく知っている横顔の写真を撮っておきました。高架下のちょっと薄暗い通路を歩いているところを遠くから撮ったものです。鮮明ではないけれど、どうでしょうか、この人でしょう？

（と書いてあるすぐ下に、切手よりも小さな写真が貼りつけてあって、目を近づけてよおく見たら、間違いなく、たしかにあの横顔だった）

　じつは、にぎりめし屋のおばさんにいろいろ訊いたのですが、おばさんはあなたのこともよく判っていて、あなたが彼のことを気にしているのも、しっかり見ていたみたいです。探偵だけじゃなく、どこで誰があなたのことを見ているか判らないものですね。

　そのおかげで、探偵の仕事ははかどるわけですが、わたしはたぶん二度とあの店に行くこともないでしょうから、この際とばかりに、彼のことを訊けるだけ訊いてみました。

　たぶん、おばさんは、わたしがあなたの親類か何かと思ったようで、あなたの代わりんのあの店に行く時間より、ずっと遅くに来ることが多いようです。「あのおばさんに彼のことを訊きにきた、と察したようです。ほとんど、当たりですよね。あのおばさん、なかなか鋭いです。探偵としては、こんな大胆な聞き込みは失敗なのですが、今回は番外編ということで大目に見てください。たぶん、あなたが次にお店に行ったとき、おばさんがあなたに何か言うかもしれないし、言わなかったとしても、あなたの顔を見てニヤニヤするかもしれません。

でも、収穫はありました。

彼はあなたがあの店に行く時間より、ずっと遅くに来ることが多いようです。「あのひとは、仕事が夜中だからね」と、おばさんが言うので、警備の仕事ですかと訊いたところ、「よく知らないけど、電車の整備みたいなことをやってるらしい」とのこと。そのとき、おばさんが「電車」と言いながら、天井を指差したので、その電車が、他でもない、あなたの天井の上を走っている電車のことだろうと標的が定まりました。

さて、この先の調査については詳しく書けません。少しばかりムニャムニャなこともしましたので、ここに明文化することができないのです。だから、お伝えするのは結果だけですが、彼は予想どおり、あなたの頭の上を走っている鉄道会社に勤務していました。

「夜間保守作業」というのが彼の仕事です。終電が走り終わったあと、深夜の線路や電力線の点検をしています。具体的には、二両編成の特殊電車を運転し、線路の振動や不具合を測りながら、上下の鉄路をゆっくり走行するそうです。保守作業の仕事は他にも多岐にわたっているようですが、おばさんの言う「夜中の仕事」とは、おそらく、このことでしょう。

火曜日と金曜日が彼の担当です。ね？　面白いでしょう？　判りますか。もしかして、あなたは、そこでそうしていると気づかないかもしれないけれど、わたしはあなたが高架下に住んでいることを知っていて、そして、彼がその高架の上を走る電車に乗っていることを知ったら、頭の中に一枚の絵が浮かびました。

あなたと彼は、毎週火曜日と金曜日の深夜に、短い時間とはいえ、とても近づき、お互いそんなことは知らないけれど、ほとんど、すれ違っているのです。

知らなかったでしょう？

こんなことを報告できるのが探偵の一番の楽しみです。めったにないことですが――。

それと、あなたが最も訊きたいであろうことを最後に書きましょう。

朗報です。

彼はまだ独身で、わたしの見たところ、恋人の気配は皆無でした。

万歳！

以上、老いぼれ探偵からの報告でした。

待つ。

思わず、カレンダーを見たら、ちょうど金曜日だった。

今日が——つまり、私が手紙を読む日が、ちょうど金曜日になるようにヤエガシさんは計算して手紙を送ってきたのかもしれない。いや、きっとそうだ。手紙の上に、ニヤリと片頬で笑うヤエガシさんが浮かび上がる。

(火曜日と金曜日が彼の担当です。)

「報告」に書かれたその部分が、そこだけ太字で書かれたように際立っていた。

何度も読み返し、ようやく、手紙を封筒に戻して時計を見たら、午後二時半。

まだ二時半だった。店を閉めるまで、あと四時間半。それから銭湯へ行って、そのあと、にぎりめし屋に行くとして——いやいや、今日はそうしないと決めていた。「報告」には、彼＝マツヤマタロウ氏が、(遅くに来ることが多い)と書いてある。

ここから先は私の勝手な想像でしかないが、遅い時間に来るのは、きっと仕事の前の腹ごしらえで、終電の時間や仕事の準備のあれこれを考え合わせると、彼はきっと、深夜零時をまわったあたりに、にぎりめし屋にあらわれる。

にぎりめし屋は、「夜中の二時くらいまでやってるよ」とおばちゃんが言っていた。そのことから推測すると、「遅い時間」というのは、零時過ぎあたりが妥当だろう。だいたい、三十分くらいで食べ終えるとして、麻木町駅から三つ先の操車場のある駅まで終電間際の上り列車に乗る。駅に降りるのは、じきに午前一時という頃合いか。操車場に設けられた〈保線作業詰所〉（私の適当な命名）に到着するのが午前一時十五分。制服に着替え、制帽を深々とかぶり、薬缶にいれたぬるいお茶を一杯飲んで、工具箱の中身を点検する。

（工具を使うかどうか知らないけれど）

この間、余計なことはひとことも喋らない。同僚とも挨拶を交わすだけ。緊張感を漂わせながら手袋をはめ、――たしか、電車の運転士さんは白い手袋をしていたように思う――沈黙したまま詰所を出ていく。

午前一時四十五分、二両編成の作業用特殊車両に乗車し、詰所のオペレーターと無線で連絡をとって、終電車が操車場に戻ったことを確認してから、午前一時五十五分に出発。

操車場から下りの線路に出て、毎時十キロの速度で徐行運転。そのくらいのスピードだったら、麻木町駅のあたりまで来るのは、およそ三十分後の午前二時三十分になる。

ちょうど、十二時間後のことだ。

十二時間後に寡黙な横顔の人＝マツヤマタロウ氏は、私が歯を磨いたり、お茶を飲んだり、ラジオを聴いたり、寝ころがって本を読んだりしている一・五階のひと間の頭上にやってくる。

これまでにも何度か、そのゆっくりと幻のように走る電車に思いをめぐらせてきた。どちらかというと、謎の幽霊列車とでもいうか、不穏な想像ばかりしていたけれど、まさか、横顔の彼が運転していたとは。

しかし、頭上をゆうるりと進む列車の音に耳を傾けていたのは、たいてい、いつも午前二時をまわったあたりで、私の推測にもぴったりあてはまる。

それにしても、なんとも言い難いその距離が非常に微妙だった。

頭上とは言っても、空をゆく飛行機のように高くはない。いっそ、空の上であれば、さして気にもならないのだけれど。

というか、これはいつも思うことだけど、飛行機が飛んでいるのを空に見つけると、あの銀色の機体の中にたくさん人が詰まっているのを想像して、足の裏がむずがゆくなってくる。飛んでいるのを見つけなくても、かなりの頻度で空をゆくものがあるはずで、私たちの頭上高くを知らないうちに多くの人が行き交っている。もし、その行き交いを、いちいち意識していたら、高所恐怖症の私は生きた心地がしない。だから、そんなことはなるべく考えないようにしてきた。あんなところを人が行き交っているなんて――。

考えないようにしているので、空の上なら問題ない。でも、電車となるとそうはいかない。なにしろ、頭のすぐ上を走っているのだから。数十センチということはないとしても、もしかして、二メートルくらいだろうか。

天井と線路をへだてて、電車の車輪がすぐそこにある。車輪の上には車体があり、つまり、車両の床があり、床には背筋を伸ばして立ったマツヤマタロウの靴がある。

もし、そうしたものがすべて透明であったら、見上げた私には、頭上二メートルくらいのところに、マツヤマタロウの足の裏が見えるはずだ。

＊

銭湯を出たら、いつもなら、そのままにぎりめし屋に寄ってくるところだが、今日は、午前零時を目指そうと画策して、足どりも軽く、まっすぐ帰ってきた。

でも、これは失敗だったかもしれない。お腹が空いて我慢できなくなってきた。私という人間はこんなものである。ひと目惚れがどうのこうのと浮ついたり、少々、目に星が輝いたりするようなひとときはあっても、お腹が空いたら、もうそれまでだ。

銭湯から戻ったのが午後八時四十五分で、零時までのおよそ三時間が我慢できず、台所の戸棚と冷蔵庫の扉を開け閉めした挙句、（しょぼいなぁ）と思いながらも、インスタント・ラーメンをつくった。午後九時四十五分につくり始め、まな板の上でネギなど切って、十時二十分には完全に食べ終えた。ひたすら丼と対峙して食べながら、（もう、今日はにぎりめしはいいや）と心に決め、スープの熱さゆえか目尻に涙がにじみ、敗北したような惨めな思いと、どこか清々しいような後味が交錯して、しばらく虚脱してしまった。

しかし、十時四十五分には我に返り、さっさと丼を流し台で洗い、なにごともなかったかのようにきれいさっぱりさせて、ついでに部屋を整えた。それで十一時三十分。午前二時半まで、あと三時間ある。

ラジオをつけて、バナナを食べた。

バナナはおとといの休みに、スーパー〈ハナビシ〉の果物売場で五分くらいかけて選びぬいてきたものだ。バナナが積まれた台の前に先客があり、それはやはり丹念にバナナを選んでいる女性で、右から左から上から下から点検していた。「点検」とは言い得て妙だ。バナナは熟れるほどに茶色の斑点があらわれる。彼女はその斑点の数を調べていた。その様子を横目で眺めつつ、私は斑点の数は気にしなかったけれど、青みがわずかにのこったバナナが好みだった。基本的に斑点が皆無のものを選んでいる。ただし、バナナの打撲傷は徹底的に調べ尽くしていた。皮をむいたときに予想外のダメージを受けたものがときどきある。それらはひとえに打撲傷を負っているからで、人間と同じで、打撲が強ければ、黄色い皮に黒ずんだあざができる。打撲が軽傷のときは、かすかな痕跡しかない。そこを見きわめるのだ。

私はたぶんバナナ鑑定士になれると思う。ほとんど、なにひとつ誇れるものはないけれど、これだけは自分でも大したものだと思う。

鑑定の結果は、いよいよ食べる段になって、皮をむいたときに判定されるが、私が見きわめて買ってきたものは、九十九パーセント、理想的で無傷なバナナだった。

言い換えれば、一パーセントの失敗がある。

どれほど表向きが整っていても、ひと皮むいた途端、絶句してしまうような裏切りを見せられることがある。

今日のバナナがそれだった。

一パーセントの裏切り。一パーセントの失敗。傷んだ箇所は味がひどくて食べられない。いや、食べられないことはないけれど、おいしくない。むいた皮も急速に茶色に変色してゆく。

残念、無念。

食べ終えた残骸を〈ハナビシ〉のレジ袋にまとめて投げこみ、袋口をしばって流し台の隅に置いた。他に生ゴミが出たら、そこへ入れて、月曜日に他のゴミとまとめて出そう。

そんなふうに私は、いちいち、頭の中に自分の声を行き渡らせた。余計なものが入りこまないよう、いまの目の前のことに夢中になり、ふと、時計を見ると、「え、もうこんな時間なんだ」という、あの「時間消失」の魔法を呼び寄せようと試みていた。で、ふと、時計を見る。

十一時四十五分。

「うそ」と時計に向かって声をあげた。わずか十五分しか経っていない。

時間って何なのよ、と私は誰かを問い詰めたかった。必要なときは、いつでも足りなくて、あり余っているときは、なかなか減っていかない。

時間のせいで、どれだけ人間がすり減ってきたかしれない。人間の歴史は、時間によって歪められてきた。時間なんてものがなかったら、ヒトはもっとのびのび生きていたのだ。いちいち細かいことなんて気にしない。きっと争いだって起きないだろう。「間に合わない」と言わなくて済む。生きているあいだにアレとコレをしてと考えることもない。考えてみたら、人間以外のすべての生物はそうして生きている。明日なんてものを知らない。時間がなかったら、今日も明日もないはず。

十年後もない。

二時間と四十五分後に何が起きるかも知らない。

——というような、ややっこしいことを考えるうち、卓袱台に頭をあずけて寝入ってしまった。目覚めたのは、おそらくわずかな振動を感じたからだ。時計を見ると、零時四十分で、ちょうど終電車の時刻である。

あと一時間五十分。

時計の秒針がやけに思わせぶりに動いていくのを眺めながら、自分は何をしているのかと、ひとり静かに考えた。

答えは、たぶんというか間違いなく、「待っている」だ。

そして、待っているものはなかなかやって来ない。それを知っているのも人間だけだろう。〈ハナビシ〉の自転車置き場につながれた白と黒のぶち犬が、買いもの中の飼い主を、今か今かと待っていた。とても不安げに。自分だけが取りのこされてしまったみたいに。

そして、この期待に充ちた心もとなさを、ヒトは「恋」と呼び換えたのだと、いまになって気がついている。

気づく。

待っていたものがついに訪れるときは、いつでもあっけないものだ。待っていた時間の長さにくらべて、訪れたものとの邂逅は、ほとんど一瞬と言っていい。

ほぼ推測どおりの午前二時二十五分に、その振動は訪れた。

なんのことはない、待つだの訪れるだのと言っても、私が感じとるのはこの振動だけで、そういえば、頭の中にはあれこれと思い描いていたけれど、実際には何も見ていなかった。というか、見ることが出来ない。音はするが、その音にしても機械的で無機質で、そこに人の気配を読みとれるものではない。

唯一、振動だけが生々しく私を揺さぶり、大げさに言えば、感動を覚えたときのような震えが全身に伝わってきた。

見ることも聞くこともかなわず、でも、振動だけが体の隅々まで行きわたり、心臓の鼓動とあいまって一体感のようなものが得られる。ただしそれは、二両編成の特殊車両が通過していく数十秒のことで、見えないのだから、その背中を見送ることも出来ない。私は振動の訪れと共に天井を見上げ、ただただ天井を見つめて、なおもひたすら天井を眺めていた。

いま、この数メートル上をマツヤマタロウが通過している――。

私はたぶん口をあけていたのではないかと思う。鼻の穴もひらいていたに違いない。人は天井を見上げるとき、なぜかそんな顔になる。もし、このひとときに、すべてが透明になり、何もかも透けて見えてしまったら、マツヤマタロウは自分の足もと数メートルのところに、目と口と鼻の穴を全開にした、おかしな女の顔を見おろすことになる。本当にわずか数十秒のことだ。揺れながら震えながら、音を頼りに通過を目で追い――見えないのだけれど――すっかり通り過ぎたところで、大きなため息をついた。

ふうむ――と、まだ見上げたままで、さてこれは、はたして喜ばしいことなんだろうかと考える。

判らない。

せめて、過ぎゆく列車を見送って余韻に浸りたいところだけど——いや、待った。冷静に考えてみたら、見送ることは出来るはず。

そうよ、出来るじゃない。

私は急いで階段をおりてサンダルをつっかけ、店の中を横切ると、高架下の内側ではなく外側に面したガラス戸を引いて、シャッターをそろそろと半分ばかり押し上げた。

何ごとにつけ、のろまな私としては、信じ難い速さで一・五階から路上まで移動し、深夜の外気の新鮮さに、鼻をひくつかせて、耳は高架を走る列車の音をとらえていた。

町は静かでひとけはない。街灯だけがぽつりぽつりと並んでいる。遠くの信号が赤から青へ、青から赤へと誰にも知られずに入れかわっていた。

私はあたりを見まわして車のないことを確認し、通りの向こう側へ渡って、音のする方をもどかしく振り返った。すぐそこに灯りが見える。あきらかに通常の車両とは違う、薄暗い車内灯が東へ向けてゆっくり移動していた。

私はずいぶんひさしぶりに高架下を外から眺めていた。

全体が夜の暗さに沈んでいたけれど、マツヤマタロウの運転する列車の淡い光が少しずつ動いているおかげなのか、そこに思い起こされたのは、活気を失った高架下商店街の姿ではなく、夜の底に息づいている、この場所を大切に思う人たちのいくつかの横顔だった。

私たちはまだ生きている。

決して力強くはないとしても、正しく息をしている――。

私は少し笑っていたかもしれない。そして、何かとても安心なものを、もういちど見つけなおしたような思いになった。

*

土曜の夜で忙しいはずなのに、

「ねぇ、なんかあったの?」

〈ベーコン〉の姉さんがカウンターの向こうから訊いてきた。

「何もないですよ」

そう答えながら、本当はまぁいろいろあったわけだし、姉さんになら話してもいいのかな、とぼんやり考えていた。

「ほら、絶対なんかあったでしょ」

まるで本当の姉のように私の顔を心配そうにちらちら見ている。

私に本当の姉はいなかった。ひとりっ子である。私はごく幼いときから親に何かをねだったりするのを我慢してきた。父がいなくなってからはなおのこと。母はきっと私よりずっと傷つき、苦しいことや悲しいことを胸の奥にしまいこんで、痩せ我慢をしていた。その証拠に、母の置き手紙はときどき意味不明なことはあっても、いつでも楽しげだった。母はパートの仕事を「活き活きと楽しんでいる」と、私だけでなく自分に言い聞かせていたのだと思う。

では、母の本心はどこにあったのか。どんな思いだったのか。ひそかに何かをもとめ、何かを欲しいと望んでいたのか。

私には、自分が欲しかったもの、欲しいけれど、決して自分のものにすることが出来ないので、ずっと我慢していたものがあった。

姉である。私はいつも姉が欲しかった。

　といっても、姉を持った経験はないわけで、まったく自分勝手につくりあげた「私の姉」でしかない。もしかして、この世のどこを探しても、そんな姉はいないのかもしれない。

　私よりずっと頭がよくて、化粧なんかしなくてもすっきりと美しく、料理が上手で、運動神経も私とは段違いに優れている。ちょっと男っぽいところがあるのだけれど——、

「ねぇ、なんなのよ」

〈ベーコン〉の姉さんがカウンターの向こうから身を乗り出し、「誰にも言わないから、言っちゃいなさい」と耳もとで囁いた。

　私は私の理想の姉を頭に描き、〈ベーコン〉の姉さんから漂うベーコンを燻した香りと石鹸の匂いが入り混じった体臭を感じていた。なぜかしら落ち着いた気分になる。

「なによ、あんたそれ。もしかして、微笑んでるわけ？」

「私の姉」は私のことなら何でもお見通しだった。言葉を並べなくても、「ああ、なるほど」「そうか、判ったよ」と私よりも深く理解してくれる。

いつでも、どんなときでも私の味方で、私が道を誤ったり、迂闊《うかつ》なことをしでかしたりすると、

「なに、あんたそれ」

と、叱ってくれる。

そして、そのあと、そっと頭を撫でてくれるのだ。父親みたいに。

どうしてなのかな、と私は誰かに訊きたかった。いや、誰かじゃない。誰かでは駄目なのだ。その人は自分とそっくり同じ立場で、同じ目線で、ある日、父が家の中からいなくなってしまったことを、「どうしてなのかな」と話し合える相手でなければ。

それは、だから「私の姉」でなければならない。兄でも妹でも弟でもなく、いちばん私のことを判ってくれる姉。

もし、望ましい話し相手が妹か弟であったら、まだ母も若かったのだから、可能性はあった。でも、私は自分が姉になる、ということをうまく想像できなかった。常日頃、欲しいと望んでいた対象に自分が成りかわるなど思いもよらない。

結果的に、母は再婚しなかったので——いちおう、いまのところは——予想外の事態

には至らず、母も私も歳をとるごとに、二人きりの家族であることに、すっかり慣れてしまった。

「ねぇ、あのさ」と、〈ベーコン〉の姉さんが、また耳もとで囁いた。

「あんたさ、なんていうか、今日は顔つきがちょっと違うんだよね」

「顔つきが？　どんなです？」

「なんかさ、変に落ち着いてる感じで、歳をとったとは言わないけど――なんだろう、ちょっとお姉さんみたいな感じがするよ」

「そりゃあ、私だって歳はとりますよ」

「いや、そういうことじゃないんだな。なんかね、ひと目惚れのときとは全然違う感じなんだけど」

「ええ」と私は小さく頷いた。「嬉しいことが、ちょっとあったんです」

「ん？　なに？　待って。あたし、たぶん当てちゃうな」――姉さんは一段と声を低くして、「もしかして、横顔の彼に告白しちゃったとか」

「まさか」

私は姉さんの期待に沿うよう、少しお姉さん風の声を装い、背筋なんかもやや伸ばしたりして、つとめて明るく答えた。

「そうじゃなくて、私はやっぱり、高架下が好きなんだなぁって」

「なによ、それ」

「いや、なんかよく判んないんですけど」

すると姉さんは、「ふうん」と鼻の奥から声を出し、「あたしもさ、ちょっと最近、なんかそんなこと思ってたよ」と真顔になった。

「なんか、よく判んないんだけどね」

どうあがいても手に入らないもの、自分とは無縁と思っていたものが、ふと気づくと自分の手もとにあったり、あるいは、すぐそばに寄り添うように立っていたりして、人生というのは、先へ進むほどに、良くも悪くも意外なものをもたらしてくれる。〈ベーコン〉の姉さんはもしかして――いや、おそらくきっと、私にとってそんなひとだ。私のことを「お姉さんみたい」などと冗談めかして言うけれど、もちろんそれは逆である。私がもとめていた「私の姉」は、〈ベーコン〉の姉さん、あなたが私の妄想などを超えて、さらに厳しく、そしてさらに優しげに叶えてくれています。

「あ、ほら、それよ」

すかさず、姉さんが私の口もとを指差した。

「その思い出し笑いは何の真似？　まるで、笑いがこらえきれないみたい」

包む。

さて、いったい何なのか——自分のかたわらを通り過ぎていく得体の知れない大きな気配を感じていた。

目には見えないけれど、かなり大きいということは判る。

もしかして、寝ぼけていたのかもしれない。いや、間違いなく寝ぼけていた。まだ布団の中にいたのだし。

巨大だけれど、なにやらあたたかそうで、私のすぐそばを、ほとんど産毛を撫でるようにして通り過ぎた。

何だろう、私の横を過ぎていく、この大きなものは。

すぐに思いつくのは「時間」だった。ふうむ、とじっくり考えてみても、やはり時間しか思いつかない。じゃあ、時間なのか。その大いなる気配は、時間が形をともなってあらわれたものなのか。

布団から起き上がり、湯をわかしてお茶を呑んだ。ただでさえ、ぼんやりしている頭の中に雲がかかり、通り過ぎていったものの感触を反芻《はんすう》しながら店番を始めた。すると、そろそろ午前中も終わりという頃合いになって、逸子さんからひそひそ声の電話があり、それもまた、あたかも夢のつづきのようで、しかし、どうやらそうではない。

「あのですね、美子さん」

逸子さんの声は耳の穴からひそひそと入り込み、私のぼんやりした頭をくすぐるように目覚めさせた。

「あのですね、このあいだの私たちの冒険についてなんですが、あのことは、くれぐれもむにゃむにゃに――」

最後の方が、ひそひそを通り越してほとんど聞きとれなかった。

ということは、電話の向こうに逸子さんだけではなく、旅行から帰ったむつ子さんがいるのだろう。逸子さんの言う「冒険」とは、おそらく、このあいだ二人で「鬼の居ぬ間に」蔵の奥の黒いつづらを覗いたこと――もとい、覗こうとしたことに違いない。

「くれぐれもむにゃむにゃに」は、「くれぐれも内密に」といったところだろう。

「それで、今日の午後なんですけれどね」

逸子さんは、いつもの強でも弱でもない、しっとりとした声に戻った。

「むつ子さんがお帰りになって、ひさしぶりに蔵出しをしましょう、とおっしゃっています」

「判りました」

私はそのひとことに、「むにゃむにゃ」の分も了解したことを含ませた。

だから、むつ子さんの家の玄関に立ったとき、もう逸子さんは、ひそひそもむにゃむにゃもなくて、いつもどおり平然として、目配せもウインクさえもなかった。つまり、なにごともなかったかのようで、

「ごぶさたでございました」

表情もまったく崩さなかった。そこへ、むつ子さんが奥から、「あら、ごめんね」と、これまたいつもどおりの上機嫌であらわれた。

「ちょっと留守にしてましたけれど、このとおり、帰ってきましたから」

私に頭などさげている。

どちらへお出かけだったんですか、と訊いてみたい気もするが、その一方で、なんとなく、はばかられた。もし、旅先が特別なところでないのなら、私が訊くよりも早く、どこそこに行って、こんなことがあって、どんなに楽しかったか、そうだ、あなたも行きなさい、わたしが電車の切符を買ってあげるから——と矢継ぎ早に喋りつづける。それを、なにひとつ言わないのは、なにかしら事情があるからだろう。

「ねぇ」とむつ子さんは胸のあたりに和紙にくるまれた小箱を捧げ持ち、それをこちらへ差し出して、

「これ、温泉饅頭なんだけど」

遠足の前の小学生のように、そわそわとし出した。

「最初にずばり訊いちゃいますけど、これをどうしましょう。まず、おやつをいただいて、元気を出してから蔵出しをするか、それとも、おやつをおあずけにして、あとの楽しみにしながら仕事に精を出すか」

このむずかしい選択は今回が初めてではなかった。むつ子さんは、何かとっておきの

おいしいものが手に入ると、必ずこんなことを言い出す。

すなわち、むつ子さんが手にした、ざっと見た感じでもぎっしりと箱に詰めこまれているだろう温泉饅頭は、かなりの、いや、特上の品に違いなく、むつ子さんはとにかく、その饅頭をいち早く食べたくて仕方ないのだ。

だから、こんなふうに選択を任されたときは、間違っても、「あとにしましょう」などと答えてはならない。そんなことを口走ったら、途端に、むつ子さんは無口になり、花がしおれたみたいになって、もしかして、身長まで縮んでしまったんじゃないか、というほどに精気を失ってしまう。

したがって、ここは迷わず、

「先におやつにしましょう」

と答えなければならない。これが、三年間、私がむつ子さんのもとで働いて得た鉄則のひとつだった。

「あら、そう」

むつ子さんはいかにも素っ気なく答え、これもまた定番で、「じゃあ、そうしましょうか」とかすかに不満げな様子をかもし出す。どことなく、私を横目でつまらなそうに見るのも毎度のこと。

これはようするに、「自分としては、おやつなんてあとまわしにすべきだと思うけれど、美子さんがそう言うなら仕方ないですねぇ」という態度をさりげなく示しているのである。

そんなに早く食べたいなら、最初からそう言えばいいのに、むつ子さんは、食べものに関することになると、そもそも、「ふうん」といった感じで、わざと消極的なふりをしてみせる。本当は食べることがなにより楽しみなのに、どうしてなのか、まったくもって素直じゃない。

むつ子さん——というか人間って本当におかしい。どうして、こんなことで本当の気持ちを包み隠すのか。

それとも、本当のことを何もかも話していたら、人間という動物が持つ異常なまでの欲望が際立ってしまい、なんとなく、お互いにうんざりしてしまうのだろうか。そうならないよう、賢く事前に察知して回避しているだけなのか。

「じゃあ、炬燵《こたつ》にでもあたりながら」
むつ子さんが奥の部屋へ引きあげたところで、ようやく逸子さんと私は顔を見合わせて、にやにやと笑い合った。

＊

むつ子さんのいる部屋は障子ごしの光がやわらかく映え、炬燵があり、茶簞笥《ちゃだんす》があり、本棚があって床の間があった。部屋の隅には万年床が敷いてあり、それが「寝て暮らしている」ことの証しだと言うけれど、実際に横になっているところは、まず見たことがない。

では、どうしてそんなことを言うのだろう。

ここにも、隠されたむつ子さんの思いがあった。常に機嫌がいいことと裏腹に、「なにもする気が起こらなくて」「ただ寝ていたいの」と、つぶやくもうひとつの顔がある。

炬燵の上に饅頭の白い箱があった。

むつ子さんと私は差し向かいになって箱を眺め、逸子さんがいれてくれたお茶の湯気がふた筋、淡い光の中に立ちのぼっている。

「では」

むつ子さんが両手で箱のふたを取ると、薄紙の下に焦茶色の薄皮饅頭が、予測どおり、ぎっしり詰めこまれていた。

「さぁ、どうぞ」

すすめられるまま手がのびて、ひとつつまんでみると、見た目より饅頭は重量がある。ふたつに割ってみたら、黒砂糖の香りが鼻先にひろがり、中にはぎょっとするような黒い餡が包まれていた。

私は蔵の奥の黒いつづらを思い出し——というより、黒いつづらのことは、むつ子さんの部屋に入ってから頭の隅でずっと考えていた。むつ子さんも饅頭を手に取り、ふたつに割ると、中の黒々とした餡を眺めている。

今朝、変な夢を見たんですが——と私はそう言おうとして思いとどまった。

おかしな夢で、なにやら大きなものが通り過ぎていって、それはたぶん「時間」だと思うんです――むつ子さんにそう話したら、むつ子さんは口に入れた饅頭が喉につかえてあわててお茶を呑んで胸を叩く。そして、涙目になって、「時間？」と私の顔を見るだろう。

以上、すべて私の妄想的予測だが、いまここで、「時間が過ぎていった」と、そんなことを話したら、そこから自然と昔の話になる。私が気になっている、むつ子さんの恋人だった四郎さんの話になるかもしれない。というか、きっとなる。私が訊きたいのだから。これはいいきっかけだ、とばかりに。

むつ子さんは、ふたつに割った饅頭の片方を口に入れて目を輝かせ、いかにも味わって食べているようで、喉になどつかえなかった。が、食べながらもう片方の饅頭をじっと眺め、そのうち、物思いにふけるような様子になった。これまでの経験からすると、このあと、「じつはね」と話し始めるのが三年間で得たもうひとつの鉄則である。

じつはね、あなたから聞いた探偵さんの話がどうも気になってね、いまになって調査のつづきを依頼してみたら、四郎さんが生まれ故郷で温泉宿を経営していることが判ったのよ。それで、ちょっと様子を見に行ってきたんだけどね――というのは私の妄想的予測である。

私は饅頭が喉につかえないよう、お茶を呑んで流しこみ、いまにも、「じつはね」と語り出しそうな、むつ子さんの口もとをそれとなく見ていた。すると、

「まぁまぁ、意外においしいわね」

むつ子さんはいつもどおり素っ気なく、しかし、もう片方の饅頭を口に放りこむなり目を輝かせた。

顔に書いてある、とはこういうことか。本当に嘘をつけないひとだ。

「まぁ、もうひとつくらい食べてもいいかもね」

目を輝かせながら、むつ子さんはそう言った。

泣く。

火曜日の夕方のことである。

ふたたび、一通の封書が店に届いた。差出人は八重樫君子さん。探偵からの二通目の手紙だった。ヤエガシさんの手紙は、一通目もそうだったけれど、「前略」も「拝啓」もなく、話のつづきのように始まっていた。

*

さぁ、どうしましょうか。本当はお会いして、お話しすべきなのですが。どこからどんな風に話せばいいものか。

そもそも、何が始まりだったのでしょう。ひとつひとつ辿ってゆくと、結局は、わたしが探偵を辞めたところまで時間が戻されます。わたしはこれからどうしたらいいのか、と思い悩んでいたころです。

浅草橋にあった探偵事務所を辞めたのは、いまから十二年前のこと。辞めた理由は、ひとことで言ってしまうと、「疲れたから」です。身体的に無理がきかなくなり、精神的にもかなり弱っていました。それはたぶん、人間の裏表をあまりに知り過ぎてしまったからでしょう。

わたしはとにかく、いろいろなことを知り過ぎました。最初はとても面白かったのです。こんなに奥深い仕事はありません。毎日が物語のようで、事実は小説より奇なり、とよく言いますが、この仕事をしていたら、推理小説もスパイ小説も恋愛小説も不要になりました。目の前の現実、それも隠された現実を自分の考えと推測で解明していく。その行程は、どんなお話よりもスリリングでした。それはつくられたお話ではなく、つくられたものの裏にある本当のことを探り当てる作業でした。

でも、よく考えてみると、それは同時に、人が口を閉ざしたり、覆い隠したり、包みこんだりするのを目の当たりにすることでもあります。

ねぇ、美子さん。あなたのことをそう呼んでもいいかしら。

美子さんはどうでしょう? 何か人に言えない思いがあるでしょうか。いえ、きっとあるはずです。これは、わたしが探偵の仕事をして実感した、もっとも大事なことでした。

人は誰でも、人に言えないこと、言わないこと、言わずにいることがあります。秘密と呼ぶにはちょっと大げさかもしれない小さなことから、自分の人生はもちろん、他人の人生まで左右するような大がかりな極秘事項まで。

それはそれは多種多様です。でも、多かれ少なかれ、人は何かしら胸のうちに納めているものがあります。そして、そのうちのいくつかは、そのまま誰にも知られることなく過ぎた方がいいと思われるものです。

でも、わたしの仕事は、そうした秘密を暴くことでした。容赦なく、有無を言わさずです——。

とても疲れました。人間不信にも陥りました。この仕事に真面目に取り組む人に多いようです。ここ最近の世の中は、どうも真面目な人から順に自分を失っていくようです。

わたしが見ていた世の中は常にそうでした。

それで、わたしは探偵稼業から足を洗ったのです。

しかし、仕事を辞めても、目の前にあるのはいつでも人々の営みで、つまり、裏表を秘めた思惑の積み重なりでした。

なんとも気が重くなりました。しかし、それでもわたしはこう思いました。

それはそうだとしても、わたしは人が好きだし、街が好きだし、街をつくっているのは、人以外の何ものでもない。

どうしたら、人と街を心から楽しめるだろう。毎日毎日、考え、わたしが子供のときから親しんできたもの、心安らぐものは何かと考えていったら、最後に「銭湯」と「コーヒー」に行き着いたのです。

コーヒーは、もともとお風呂のあとのコーヒー牛乳だったのですが――。

銭湯はいいものです。銭湯では、みんなが裸です。それだけでも、ずいぶんと気持ちがいい。何ら隠しようがないのですから。

そこで、東京中の銭湯を訪ね歩いてみようと思い立ちました。ついでに、銭湯の近くにおいしいコーヒーが飲める店があったら、必ず風呂上がりにコーヒーも飲む。そう決めました。

それで、いくつかの銭湯に通い始め、いくつかのコーヒーがおいしい店を知りました。

さて、美子さん、ここからが本題です。

わたしがこれまでに出会った何十軒もの喫茶店の中で、飛びぬけておいしい店がひとつあったのです。その店が、どの街のどのあたりにあるのか、いまここには書きません。なんという名前の店か、それもまたいずれ。

ただ、これだけはあなたに伝えなくてはと思いつづけてきたこと——というより、これこそ、わたしがあなたの前で言わずにいたこと、隠していたことです。それを、いまここに書きます。

そのいちばんおいしい喫茶店のマスターは、美子さん、あなたのお父さんでした。

三年前のことです。その店は、たまたま何の予備知識もなく飛びこんだ店で、いい具合に小ぢんまりとして、カウンターがあって、いくつかのテーブル席があり、ちょうどこのあいだ、あなたと会った、あのクリーム・ソーダがおいしい喫茶店、あの店にどこか似ていました。アルバイトも雇わず、マスターがひとりで営んでいるのも同じです。

何の期待もせずに頼んだブレンド・コーヒーでしたが、ひと口飲んで、体の中からあたたかいものが充ちてくるのを感じました。カップの中のコーヒーをじっと見なおし、それから、カウンターの中でうつむいたままカップを磨いているマスターの横顔にしばらく見とれていました。

ひと目惚れです。コーヒーの味と、その横顔にです。

もし、嫌な気持ちになったらごめんなさい。でも、最初に言っておくと、わたしはあなたのお父さんの恋人や奥さんになったわけではありません。ここまで書いたのですから、もっと正直に言うと、いずれ、そうなれば嬉しいという思いはあります。でも、きっとそうならないでしょう。それでいいんです。

わたしは毎日、店に通ってマスターと親しくなり、自然と店の手伝いをするようになりました。でも、依然として、わたしはひと目惚れのままで、自分のことになると、何をどうしていいのか判りません。マスターについて何も知ることが出来ず、探偵であったことなど、まるで役に立たないのです。

そういえば、あなたのひと目惚れの彼とはその後どうなりましたか。お話くらいは出来たでしょうか。

わたしはマスターのことをまだよく知りません。ただ、何度も聞かされたのがあなたのことでした。

「娘が」「娘は」と、たびたび話題になり、「もう長いこと会っていないけど」「二度と会えないのかな」「もういちど会いたいね」と、自分のことは話さないのに、あなたのことだけはよく口にしています。

事情はよく判りませんが、離れて暮らしていること、もう何十年も顔を合わせていないことを知りました。

そこで、ようやくわたしは探偵であったころの自分を取り戻し、少しずつ、マスターからあなたに関する記憶を引き出して、「調査」を始めました。そして、わたしもまたあなたに会って、話をしたいと思ったのです。

もういちど、ごめんなさい、を言います。

わたしは不躾に後先を考えず、まったく自分勝手にこの手紙を書いています。これ以上、読みたくなければ手紙を閉じて破棄してください。もし、まだ読んでいただけるなら、もう少し書きましょう――。

ごめんなさい。そういうわけで、わたしは美子さんを（ほんの少しだけですが）観察し、追跡もして、あの日、銭湯の湯船で偶然出会ったように装いました。わたしが、あなたに会ってもしょうがないのに。どうしてなのか、自分でも自分が不可解です。でも、あのとき、あなたと話をして、あなたがあまりに素直な人だったので、わたしはそれから、嬉しいような、せつないような、言いようのない気持ちで過ごしました。

あなたが麻木町の高架下に住み込みで働いていることをマスターは知っていました。なぜ、知っていたのか、誰かに聞いたのか、もしかして、それこそ探偵にでも依頼したのか、正解は判りません。

依頼、ということでいえば、わたしはマスターに依頼されたわけではありません。だから、わたしが美子さんと会ってお話ししたことなど、マスターはまったく知らないのです。すべては、わたしの独断でした。

ごめんなさい。でも、あなたに会えて本当によかった。

*

このあいだいただいたヤエガシさんからの手紙は何度も読み返したけれど、この手紙は一度読んだら読み返すことが出来なくなって、すぐに封筒に戻した。手紙を読めなくなっただけではなく、店番をつづけることも出来なくなって、ひとまず、「ただいま休憩中」の貼り紙をして、そのとおり休憩をするべく、音もたてずに階段を踏んで一・五階に上がった。

そして、そのままになった。

手紙の内容はなるべく思い出さないように。

ただひとつ、「嬉しいような、せつないような、言いようのない気持ちで過ごしました」というところが頭の中に繰り返され、頭の外はどんなふうに時間が流れたのか、食事もせず、部屋のあかりもつけずに、じっとしていた。

頭の中で、(こんばんは、ヤエガシさん、)と私は返事を書いた。

（ヤエガシさん、私はあれからにぎりめし屋に行くのが何だか恥ずかしくなって、マツヤマタロウ氏に話しかける機会はありません）

（ヤエガシさん、でも、今日は火曜日です。そして、もうすでに深夜になりました。もうじき頭の上を彼が通過していくでしょう）

（ヤエガシさん、どうしてこんなに涙が出るのか判りません）

（ただ、私も誰にも言わなかったことを、ひとつ言うとすれば、それは深夜にゆっくり通過していく電車の気配が、ちょうど大きな掌で頭を撫でられるようであったことです）

（そして、その大きな掌とは、記憶の中にある、いつも優しかった父の掌でした）

開く。

私がヤエガシさんから届いた二通の手紙を反芻しているあいだに、サキは彼女のトレードマークである、きりっとした眉毛を上げたり下げたりして、事を前へ進めていた。めずらしく彼女から電話があったのだ。

「あとで、姉さんの店で会おうよ」

そんなことを言うのも、じつにめずらしい。〈太郎食堂〉の件で何か進展があったのかと、店を閉めたあとで〈ベーコン〉へ行くと、いつもより五割増しで眉がきりっとしたサキがカウンター席で待ち構えていた。私が座るやいなや、「あのね」と始まり、「あたし、店をやめるから」と早口にそう言って、「ごめんね」と付け足した。

「え、やめちゃうの」

「〈太郎食堂〉に嫁ぐんだってさ」

姉さんがカウンターの上にスプーンを置いて、「食べるよね」と確かめた。

「ええ。いつものベーコン醤油ライス」

「今日が最後かもよ」

まな板の上にベーコンのかたまりをごろんと載せ、姉さんが不吉な感じを装ってそう言った。

「明日から再開するんだってさ、〈太郎食堂〉。そしたら、こんなところでまかない飯なんて食べてないで、〈太郎〉に行ってあげなよ」

「そうなの?」とサキの顔を見ると、

「再開っていうか、いちおう、兄弟二人が責任持ってやってゆくことになって」

「本当に出来るのかしら」

「だって、別に何が起きたわけじゃないし。これまでと大して変わらないでしょ。大将が仮病で倒れたふりをしたら、ひょうたんから駒が出て、ちょっとお休みしただけなんだから」

「それで、大将はその後どうなの」

「もう、すっかりけろっとしているけれど、せっかく立ち上がった息子たちのやる気が失せてしまうでしょう。だから、いちおう寝たふりはしているんだけど――それで、あたし気づいたんだけどね、あんたの店のむつ子さん、あの人も、それなんじゃないかな」

「それって?」

「だからさ、B子に、もっとしっかり店主としての自覚を持ってほしいんじゃない? B子はそこんところ判ってるの? 同じことなのよ。食堂で起きていることとB子の店で起きていることは。どっちも店主が次の店主に店を引き渡そうとしているの」

「そうそう」と姉さんがフライパンに音をたててあれこれ放りこんで煙たそうな顔になった。「このあたりのじいさんばあさんは、みんな元気だからさ。当分くたばらないよね。いいことだけどさ。そうなると、息子たちや娘たちが遊んじゃって育たないんだよ」

それは極論だとしても、「あんたも同じ」と意外なことを急に言われて、少し混乱していた。が、一旦そう思ってこれまでのことを思い返してみると、たしかに、それ以外の何ものでもないような気がしてくる。

「むつ子さんは、いまお休みになっています」「昨日から横になっていらっしゃいます」と玄関先や電話で、たびたび逸子さんにそう聞かされた。けれど、逸子さんには、このあいだの蔵の中の冒険のときや、ひそひそ声の電話のときのもうひとつの顔がある。むつ子さんと申し合わせて、二人で私を「騙していたのか」とそこだけ声が出た。

「騙してなんかいないよ」

サキが、すかさず首を横に振った。

「舞台袖に引っ込んだだけなのよ。B子が、これからどう振る舞うか、楽しみにしているんじゃない？」

そうなのかな。期待されているってこと？　私が？

そういえば、むつ子さんが急に店にあらわれて様子を見に来たことがあった。いや、待って。私のことは、いまは後まわしだ。まずはサキのことを――。

「店をやめるってどういうことなの。嫁ぐって、本当に？」

「本当じゃないから」とサキは苦笑し、「変なこと言わないでくださいよ」と姉さんを睨み、「まぁ、食堂の看板娘にはなるけど」と吊り上がった眉が急にだらしなくなった。かと思えば、「あのね」と急に凛々しくなり、「これってもう運命なのよ」と眼鏡をかけなおして私の顔をまっすぐに見た。

「なんとね、このタイミングで兄貴がやってきた店が立ち行かなくなってさ、何か仕事はないかって言ってきたの」

それでサキは、このところの自分の身辺事情をかいつまんで兄に話し、もし、その気があるなら、サキの店——本当は兄が引き継ぐはずだった店だ——を、兄貴なりに賑やかに立てなおしてほしい、とサキの方からお願いしたという。

「こういう話を聞くとさ」と、姉さんが瞬く間に出来上がったベーコン醤油ライスを私とサキの前に並べ、「うまく出来てるよなぁって思うでしょ」と醤油のついた親指を舐めた。ベーコンと醤油の香りをはらんだ湯気が、みるみるサキの眼鏡を曇らせていく。

「でもね、いい？　そんなに世の中、甘くないんだよ？　ていうかさ、このあといろんなことが全部うまくいったら、そこで初めて、うまく出来てるねぇって言えるんだからね。まぁ、そう言えるように、二人とも襟を正して仕切りなおさないと」

姉さんのお説教はいつもどおりだったが、ベーコン醤油ライスもまたいつもどおり完璧で、姉さんに限らず腕のいい料理人は、どうしていつも同じように「おいしい」と言わせることが出来るのだろうとあらためて感心した。

「おいしいなぁ」と頰張ったサキが「ねぇ」と急に甘えた声になり、「このおいしいひと皿を、〈太郎食堂〉のメニューに加えてもいいですか」と姉さんの顔色をうかがった。

「駄目」と姉さん。「言ってるそばから、それなんだから。メニューを増やしたければ、自分で考えて自分でやりなよ」

「ちぇっ」とサキ。私は笑いたいけれど笑えない。

自分で考えて、か。

店主として？　さて、どう考えればいいのだろう。

*

食堂の看板をあたらしいものに変えようと言い出したのは大将だという。色褪せていい味わいになったブリキの看板もよかったけれど、あたらしい看板は小ぶりながら、欅《けやき》の一枚板に墨書きで〈太郎食堂〉とあった。見違えるように店まで堂々と見える。

「いっそ、食堂の名前を変えるのはどうかな」

一郎、二郎、サキの三人で、そんな話にもなったらしい。いくつか挙がった候補の中に〈ひふみ食堂〉というのがあり、あたらしい看板を見上げながら、「何それ？」とサキに訊いたら、「ひふみは、一二三と書くでしょ。一は一郎、二は二郎、三はあたしがサキだから、サキのサにこじつけて、イチニサンってわけ」

「サキが三っていうのが苦しいよね」

「じゃあ、B子も手伝わない？　ヨシコのヨは、ひいふうみいよ、のよだから、〈ワンツースリーフォー食堂〉って名前にするの」

それを聞いて思い当たったのだが、私が店番のような店主をつとめている店は、むつ子さんの子供のときの愛称から、〈むっつ〉と名づけられている。そのひそみに倣い、私が「よしこ」の「よ」で「四」ならば、逸子さんの「五つ」と一緒に並べると、「四、五、六」になる。だからどうということもないけれど、

「よっつ」

と、私は誰にも聞かれないよう、ひっそりとつぶやいた。

もし——もしも、である。あくまで「もしも」だけれど、自分が自分で考えて自分の店を開くとしたら、はたして、どんな看板を掲げて、店の名前はなんとするだろう。

いや、「もしも」ではなく、むつ子さんはこれまでに何度かそんなことを言っていた。

「わたしはもう奥へ引っ込みますから、店はあなたの好きなようにしていいんです」「改装してもいいし、店の名前だって好きなように変えていいんだから」

まさか、と私はそのたび首を振ってきた。

「まさか、こんなことになるなんてね」

サキが私の隣で看板を見上げながらそう言った。

「こんなことって？」

「あたしが看板娘になるなんて」

「あのさ」と私は最初から気になっていたけれど、だんだん聞き逃せなくなって、とうとう言ってしまいたくなった。

「看板娘って、自分で名乗り出るものじゃないでしょ。だいたい、もう娘とは言えない歳なんだし」

「そんなの判ってるよ」

サキは若い娘のように口をとがらせた。

「でも、自分で言ってるうちに自然とそうなっていくもんじゃない？　言わなきゃ、誰も言ってくれないし。店主だってそうでしょ。主人とか大将とかマスターとか、みんな自分でそう決めて、自分からなっていくんじゃない？　B子もさ——」

「私も？」と、とぼけたが、さすが我が親友、よく判っている。

「晴れてよかったね、今日」

私は話をはぐらかした。

「ここは、晴れも雨も判らないけどね」

サキは同意しなかったけれど、

「それでも、空が晴れていれば、まぁ、なんとかなるかなぁって、気持ちも晴れてくる」

見えない空を二人で仰いだ。

むつ子さんの〈むっつ〉には、ふたつ足りない。でも、私もまた看板を掲げることから始めてみようか。

「〈よっつ〉」

こっそり、もう一度そう言ってみた。

見上げた高架の上を午後四時二十分の下り急行列車が通過し、その音にかき消された私の声にサキが気がついた。

「え？　いま何か言った？」

「教えない。まだ秘密だから」

顔に書いてあったかもしれないけれど、私もまた見えない晴天を見上げながらそう答えた。

ケーキを切りわけた日

君子さんとサキはよく似ていた。

「わたし、少々のことは気にしないの」

まったく同じセリフをそれぞれ口にし、それでいて、他人の言動には誰よりも注意を払って気にかけている。

「複雑だよね」

姉さんの店で、いつもどおりとびきり濃いコーヒーを飲んでいたとき、隣に座ったサキにそう言われた。

「君子さんって、ヤエガシ探偵のことだよね?」

私がしきりに、「君子さん」と、その名を口にするので、勘のいいサキは、さっそく気になったらしい。

「探偵さんと仲良くなったんだ」

姉さんはコーラを注いだコップを揺らし、涼しげな氷の音を鳴らしながら意外そうな顔をしていた。

「そうなんです」

だって、それはそうでしょう。

なにしろ、サキは私のいちばんの親友で、君子さんはその親友とよく似ているのだから、会って話をするたび、快いものを感じていた。

「探偵さんがB子に会いに来るの？」

サキの話し方には慎重さがまぶされていた。

「いや、そうじゃなくて――」

私の方が君子さんに会いたくなって、「どこかで、コーヒーでも飲みませんか」と、お誘いしていた。

君子さんは、おいしいコーヒーの店をいくつも知っていたから、ついで、と言ってはそれぞれのお店に失礼かもしれないけれど、自分のつくったまずいコーヒーと、口がしびれるような姉さんの特濃コーヒーばかりを飲んできた私にとって、おいしいコーヒーを楽しめることは申し分のない「ついで」だった。

「で、どんな話をするわけ？」

姉さんは、慎重というより、あからさまに不審そうだった。

「松山太郎のこととか？」

「そう。それもあるけれど、いろいろね。すぐに忘れちゃうような話ばかり」

それはそのとおりで、私も君子さんも自然とそうしているように思う。

ただ、松山さんについては、君子さんのおかげで、横顔以上のことを知り得たのだから、会うたびに、その後の報告をしておいた。

にぎりめし屋のカウンター席で、私の方から彼に話しかけたこと。そのとき、店のおばちゃんがニヤリと笑ったこと。思いきって話しかけたのに、何を話していいのか判らず、その夜は、自分の不甲斐なさに絶望して、布団をかぶってすぐに寝てしまったこと——本当はまったく眠れなかったけれど。

でも、そのあとに、今度は彼の方から話しかけてきて、彼が「よく行く」という喫茶店でコーヒーを飲んで、お話を——少しだけ——した。

　彼はどうやら無口なひとで、私はもちろん無口ではないけれど、彼はきっとそう思っている。そのくらい緊張して、うまく話せなかった。コーヒーがどんな味であったか思い出せないし、その喫茶店の名前すら記憶にない。

「じゃあ、今度、ここに連れてきてよ」

　サキが唐突にそう言った。

「え、松山さんを？」

　反射的にそう応えると、

「そうじゃなくて、探偵さんよ」

　サキよりも早く姉さんが声を上げた。

「あたしも会ってみたいし」

　ぽつりと、そう付け加えた。

＊　・

私の誘いに応じて、君子さんはその一週間後に姉さんの店にあらわれ、私が紹介するまでもなく、三人はすぐにうちとけて、こちらが話についていけなくなるくらいだった。

そうして三人が大きな声で笑いながら話していると、まるで仲の良い三姉妹を見ているようで、私は三人がそれぞれの事情を胸の内に隠し持っているのを知っていたけれど、そんなことは、まったく表に出していないのに、三人が三人とも、お互いを判り合っているようだった。

そんな一夜があってから、私の店にサキがふらりとやって来て、私のつくったまずいコーヒーを口にするなり、

「やっぱり複雑だよね」

と、またそう言った。

「それ、このあいだも言ってたけど、何の話？　私がいれたコーヒーの味？」

知らぬふりをして、そう言ってみると、

「それもまぁそうだけど、そうじゃないの」

サキは私の目を見て、きっぱり言った。

「B子と君子さんの関係よ」

やはり、自分のことはいざ知らず、他人のあれこれを、じつによく見ている。およそのことはお見通しなのだ。

「つまりね――この際、はっきり訊いちゃうけれど、君子さんとB子のお父さんが一緒になるってことはないの？」

「さぁ」

私はなるべく自然に首をかしげたつもりだったが、やはり大根役者のようであったかもしれない。

「そのあたりのことは、お互い、話さないようにしているから」

暗黙の了解だった。

ただ、私も気になってはいた。

サキと君子さんが意気投合し、姉さんの店のカウンター席で、

「決めちゃいなさい」

と君子さんがサキをけしかけた。

サキは〈太郎食堂〉の二郎君と一緒に暮らし始めていて、自らの予言どおり、食堂の看板娘も担っていた。

そうした話を聞いた君子さんが、三姉妹の長女にふさわしい声色で、

「あなた、結婚しなさい」

とサキの肩をやさしく叩いたのだ。

そのとき、「結婚」の響きに私までどきりとなったのは、決して自分の結婚について省みたからではなく、君子さんはどうなのだろう、と思いが及んだからだった。

*

「まったく、ひょうたんから駒なのよ」

サキは、君子さんにけしかけられたからこうなったのだ、と言い張ったが、すべては自然のなりゆきである、と本当は自覚しているに違いない。

「そういうわけで、あたし、結婚します」

視線を逸らして、恥ずかしそうに宣言するので、

「じゃあ、お祝いをしましょう」

今度は私がサキをけしかけた。

「でもね、B子、お店のこともあるし、お金を使いたくないから、式はずっと先でいいの。とりあえず、籍を入れるだけだから――」

サキはそう言ったが、

「入籍の日に、みんなで集まって乾杯くらいしようよ」

私は譲らなかった。

「みんな」というのは――祝福される二人も入れると――一郎君と二郎君、サキと私、むつ子さんと逸子さん、それに、姉さんと大将だ。

「君子さんも呼んでくれない？」

そう言ったのはサキだった。

「君子さんのおかげで決心がついたんだから」

それで、さっそく君子さんに電話で伝えると、

「あら、嬉しい」

本当に嬉しそうな声が返ってきた。

「じゃあ、わたしがおいしいケーキを出前しますね」

願ってもないことである。コーヒーだけではなく、コーヒーに合う甘いものについても、君子さんはよく知っていた。

だから、私がそのお祝いの夜に準備したのは、

「ホールで買っていきますね」

と君子さんから予告のあったケーキを切りわけるためのナイフだけだった。

ちなみに、そのナイフは、むつ子さんからいただいたもので、蔵出しのときに見つかった揃いの銀食器に含まれていた。とても品のいい色あいで、「銀」と書いて「しろがね」と読むのはこういうことかと納得できる麗しさだった。

店に並べれば、いい値段をつけられるのに、

「いつか使うときが来るから」

そう言って、むつ子さんは半ば押しつけるようにして、私にくれたのだった。

私なりに勝手に命名するとしたら、〈よそゆきのナイフ〉といったところだろうけれど、むつ子さんが言った「いつか」が、こうして、「よそゆき」にふさわしい日として訪れるとは思いもよらなかった。

＊

本当は駅前商店街のはずれにあるイタリアン・レストランを貸し切りにしようと画策していたのだけれど、サキが、「もったいないから、絶対にやめて」と、どうしても折れなかった。

「食堂でいいよ。日曜日はどうせ早じまいなんだし」

それで、日曜日の午後八時に〈太郎食堂〉に集合ということになり、

「まぁ、そういうことなら」

と姉さんも自分の店を早じまいにして、しっかり集合時間に集まってくれた。

料理は大将の特製で、食堂のメニューにはない、ビーフシチューや海老のクリーム・スープやチキン・バスケットなどを、人数分、ひと皿ひと皿、ていねいにつくってくれた。姉さんはじつのところ、それが目当てで、ひと皿たいらげるたびに感心して、大将につくり方を訊いていた。

私はそこに集まった皆と、それぞれに交流があったが、そうして顔が揃うのは初めてのことで、なんだか、くすぐったいような、おかしな気分になった。

ただ、君子さんだけ、どうしてもはずせない用事ができてしまい、そろそろ食事も終わりという頃合いになって、ようやくあらわれた。

「ごめんなさい、遅くなって」

大きなケーキの箱を抱えている。

この顔ぶれに君子さんが加わると、このあいだは三姉妹を見る思いだったけれど、むつ子さんや逸子さんと楽しそうに話しているのを見るにつけ、まるで親戚の集まりのようだと感じ入った。実際は、親戚の集まりになど、ほとんど参加したことがないのに、どうして、そう思うのだろう。

「さぁ、ケーキを食べましょう」

誰からともなく、そんな声が上がり、君子さんが包み紙をといて蓋をはずすと、白い紙箱の中に、シンプルなホールのショートケーキが、そのあたりの光を集めるようにして輝いていた。

「わぁ」と、むつ子さんが声を上げ、

「きれいですね」と逸子さんはうっとりしている。

余計な飾りもなく、ただシンプルであるからこそ、記憶の中にあるいくつものショートケーキとつながって、いかにもおいしそうに見えた。

「コーヒーも持ってきたの」

そういえば、君子さんはケーキだけではなく、大きなポットを肩からさげていた。

「あのね」と私が皆に説明する。「君子さんはコーヒーを飲み歩くのが趣味だから、ケーキだけじゃなく、きっと、コーヒーもおいしいはずです。ですよね？」

「そうなの」

と君子さんは笑っている。

「お口に合うといいんだけど」

そう言って、君子さんがポットのキャップをはずすと、たったいまいれたばかりのように、コーヒーのいい香りが漂った。

「これを使ってください」

二郎君が食堂の厨房からコーヒーカップを持ってきて、君子さんがカップにひとつひとつコーヒーを注いでいくのを横目で見ながら、私はケーキの前に立っていた。

〈よそゆきのナイフ〉を手にし、さて、どんなふうに切りわければいいか、頭の中に切りわけるさまを思い描く。

待って。その前に人数を確かめなくては。

一郎君、二郎君、むつ子さん、逸子さん、姉さん、大将、君子さん、サキ、私――で、しめて九人。

九人か。ふうむ。ホールのケーキを九等分するには、どうすればいいのだろう。

「あ、あたし、いらないよ」

ケーキの前でナイフを握りしめた私を目ざとく姉さんが見つけ、

「残念だけど、あたし、生クリームとコーヒーの食べ合わせが駄目なの。でも、コーヒーは絶対に飲みたいから、ケーキは我慢しとく」

そう言いながら、君子さんに注いでもらった一杯を、もう飲み始めていた。

「ちょっと待って。これはすごいよ」

カップの中のコーヒーをしげしげと眺めている。

「これはもう、あの人のコーヒーを超えたかも——」

本当に？

それはとても興味深いことだけれど、いまはケーキを切りわけることに集中しないと、数を間違えて、足りなくなってしまうかもしれない。

冷静になって、よく考えよう。しめて「九人」から、姉さんの分を引いて八人。

よし。八人なら切りわけるのも簡単だ。

まずは縦にナイフを入れて半分に切り、それを横に半分に切って四等分。そして、四等分になったものを、さらに半分にカットすれば、それで八等分。よかった、九等分じゃなくて。

〈よそゆきのナイフ〉が「しろがね」の輝きをひらめかせ、私は息をとめて、慎重にケーキを切りわけた。さすがは〈よそゆき〉で、私がカットしたというより、ナイフがするすると動いて、完璧と言っていいくらい正確な八等分に切りわけることができた。

「あ、オレもケーキは医者にとめられているんで――」

満足した途端、大将の声が飛んできた。

「え、本当に？」

「そうなんです」と一郎君。「定期検診の数値が落ち着くまで、甘いものは控えるようにと言われているので」

嗚呼。時すでにおそし。なめらかな切れ味によって、滞りなく切りわけは終了し、われながら惚れ惚れとするくらい、きれいに八等分されたショートケーキが、サキによって手ぎわよく小皿に移されていった。

そうこうするうちに、私の手もとにもコーヒーが注がれたカップが置かれ、湯気と一緒に、なんとなく懐かしいような香りがすっと鼻に抜けた。

香りに手招きされるようにして、カップに口をつける。

そして、香りごと熱いひと口を含み、まずは舌の上で味わい、それが喉へ流しこまれると、砂糖を入れていないのに、ちょうどよい控えめな甘さが喉から胸の方へとひろがった。

つづいて、なんとも言いようのない、まさに「苦味」と表現するしかないものが、舌の上にほのかに残される。

その瞬間、なぜか頭の上に大きな掌がのせられたときの、あの安心感に包まれた。カップから顔を上げると君子さんがすぐそばにいて、私の方を見て、微笑しながらゆっくり頷いている。

「それ、あなたのお父さんがいれたコーヒーなの」

「え？」

そう言ったきり次の言葉が思いつかず、ただ呆然としてその場に立ち尽くしていると、サキの「あれっ」という声が聞こえて、こちらを見ているのが気配で判った。

「ケーキがひと皿、残っているけど――」

「そう」と私は力なくサキに応えた。

「いくつに切りわけたの？」

「八等分」

「そうか、大将の分ね」

「そうなの」と近寄ってきたサキと目を合わせると、

「なに、あんた、泣いてるの？」とサキは驚いている。

「泣いてなんかいないよ」

「わかった。急にさみしくなったんでしょう——あたしが結婚しちゃうから」

「なに言ってんの、そんなわけないじゃない」

「あ、そうか」

何かいいことを思いついたときの癖で、サキは親指と中指でパチリと音を鳴らし、

「松山太郎を呼ぼうよ」

そう言って、私の隣で微笑している君子さんと顔を見合わせた。

「それがいいわ」と君子さんも頷いている。

「B子も、もしかして、そう思ってた？」

サキがひとつだけ残ったケーキの皿を私に差し出した。

そう思ってはいなかったけれど、そのひとつだけ残ったケーキをおいしそうに頬張っている松山太郎の姿が頭の中に妙にくっきりと浮かび上がった。

「さぁ、電話をかけて」

サキにうながされるまま、ポケットの中に手を差し入れて携帯電話を握りしめた。

頭の上を、その日最後の急行列車が音をたてて走り抜けていく。

番号のある「あとがき」

1

きっかけは日記の記述でした。その日は特に記すことがなく、ただ天気がよかったので、「晴天。なにごともなし」と書いたのです。書いてから、その一行を眺めるうち、これをそのまま小説のタイトルにしたらどうだろうかと思いつきました。それが二〇〇五年のことで、よくあることですが、そのときはタイトルだけがあって、中身はどんなものになるか見当もつきませんでした。

そのうち、「晴天。なにごともなし」をひっくり返して、「なにごともなく、晴天。」に更新し、そう決めたら、このタイトルですぐにでも書きたくなって、どんな内容にするか、ノートにアイディアを書きとめました。

「天国にいる探偵の物語」

最初にノートに書いたのはこれだけです。が、しばらくして、ぼんやりと骨格が浮かんできました。

人は天国に到着すると、先に天国へ来ている人たちに会いたくなる。しかし、天国はあまりに広大で、なかなかうまく会えない。そこへ、天国で探偵事務所を構えている名探偵があらわれ、天国へやってきたばかりの「初心者」のために、人探しをしてくれる。天国では、もう誰ひとり死なないので、探偵は殺人事件の犯人を探す必要がなくなり、その代わりとして人探しをしている。

「もういちど会いたいです」

皆、探偵にそう言って依頼し、それぞれに事情があって、そこに物語がある。一話完結の連作短編小説。

連作のアイディアのひとつに、「父親に会いたい娘」の話がありました。といっても、まだほんの輪郭だけ。「父親はコーヒーをいれるのがうまかったから、天国で喫茶店をひらいているかもしれない」といったようなメモを何行か走り書きしただけです。
それきり、ノートは閉じられて数年が経ちました。

2

ノートがふたたび開かれたのは二〇一一年のことです。あの大きな地震から数カ月が経ち、まだ余震がつづいていたころでした。

毎日新聞社の三輪晴美さんから連絡があり、『サンデー毎日』で小説の連載をしませんか、とお話をいただいたのです。三輪さんとはすでに何度かお仕事をして親しくしていましたし、週刊誌での連載という新しい試みに魅かれるものがありました。

でも、何を書いたらいいのか――。

依頼のあった日の夜、風呂につかっていると大きな余震があり、湯船の湯が「ずしん」という音とともに波打ちました。

さて、このような最中に、何を拠り所にして書けばよいのか。

考えあぐねる頭の中にやってきたのは、「晴れる」という言葉でした。まずは、この言葉を拠り所にして書こうと思いついたのは、三輪さんのお名前が晴美さんだったからで、そこへふと、「なにごともなく、晴天。」というタイトルがよみがえりました。

世の中の状況は、「なにごともなく」どころではなく、想像を絶する最悪の事態が連続して起きていたのですが、その不安な日々をはね返すような表題を、ひとつのまじないのようなものとして掲げてみようと思ったのです。希望をこめたタイトル。他に何があるだろう、とすぐに決まりました。

しかし、こうも思いました。

仮に世の中がなにごともなく平穏で、皆が晴れ晴れとした日々を送っていたとしても、それは表面的なことであって、誰もが胸のうちに悲しみや痛みや不安を抱えている。悲しみをひとつも持っていない人などいるはずがない──。

したがって、「なにごともなく、晴天。」という言葉のあとには、かっこ付きで、（そんなはずはないけれど）と、つづくわけです。そんなはずはないけれど、それでも、空が晴れていたら、どんなに悲しくても、やはりお腹が空いてくる。それもまた、なんだか悲しくて、そんな希望と悲しみのあいだを行ったり来たりするような、そういう思いを、「なにごともなく」に託してみようと思いました。

3

とにかく毎日のように余震があり、「揺れている」ということを、地震とは別の状況として取り入れるべく、鉄道が走っている高架下に主人公を住まわせることにしました。昨今の高架下はびくともしないでしょうが、年季の入った古びた高架下は年がら年中揺れているという設定です。

「高架下」と聞いて、真っ先に思い浮かべるのは神戸の三宮や元町の高架下です。

『神様のいる街』という本にも書きましたが、神戸の都市部を貫いている高架鉄道は東西に走っていて、北側に山があり、南側に海がひろがっています。この高架下の商店街には、「丸玉食堂」という台湾料理の名店があり、神戸に行くと、かならずそこで肉めしなるものを食べていました。頭の上を列車が走り、カウンター席で肉めしを食べていると、店のお兄さんが、「山側のお客さん」「海側のお客さん」と声をあげます。

これぞ神戸ならではで、鉄道が基準となって、街を区切っているわけです。これはつまり、鉄道とその高架下自体は「山側」にも「海側」にも含まれていないことを意味し、そのアナーキーな自由さに、すこぶる居心地のよさを覚えました。

4

主人公は女性で、主人公だけではなく基本的に女の人たちの話を書こうと決めていました。それまでは主に男たち――それもかなり風変わりな男たちを描いていたのですが、（もう、男たちなんてどうでもいいや）と思ったのです。男たちは役に立たず、あまりに図々しくて、自分のことしか考えていない――どうして、そんなことを思ったのか、ここには書きませんが、とにかく自分が男であることを棚に上げて、女性たちに活躍していただこうと決めたのです。

5

「まずいコーヒーのことなら、いくらでも話していられる。」

この冒頭の一行には、ちょっとした仕掛けがありました。

この小説の連載を始めたころ、他にもうふたつ、連載を始めるタイミングを迎えていました。そんな機会は滅多にありません。そこで、三つの連載をすべて同じ一行で始めてみたらどうかと、いたずら心が立ち上ったのです。

新潮社の『波』で連載をした「ソラシド」という小説――これもまた二人の女性に寄り添った物語です――の冒頭は、

「まずいコーヒーの話でよければ、いくらでも話していられる。」

平凡社の『こころ』で始めた「あること、ないこと」の冒頭も、

「まずいコーヒーの話でよければ、いくらでも話していられる。」

じつは、この一行には出典があり、種村季弘さんが書かれた『好物漫遊記』の冒頭――「蝙蝠傘の使い方」なるエッセイが、

「まずいコーヒーの話ならいくらでも書ける。」

という一行で始まるのです。

種村さんはかつて、拙著『つむじ風食堂の夜』をいち早く新聞の書評欄でとり上げてくださり、後日、お会いしたとき、「小説はアナロジーでつくられているんです」と教えてくださいました。この場合のアナロジー＝類推は、こちらの思惑に引きつけて翻せば、「あるひとつの事物が別の事物と響き合って、お互いに補完し合うこと」ではないかと思います。であるなら、同じ「まずいコーヒー」から書き起こされても、そのあと、どんな事物と歌い合うかによって自在に物語は変化していくはず。

「まずいコーヒー三部作」の冒頭は、種村さんからいただいた小説の極意を実験する試みでもありました。

6

小説を書くのはとても楽しいことですが、一方で、非常に心もとない迷子のような状態に陥るときがあります。ですので、何かしら信じられるものを探したくなるのです。

といっても、自分が考えたことだけでは頼りなく、むしろ、偶然起きたことの方が、よほど信じられたりします。日々の生活で起きたこと——たとえば、ひさしぶりに冷凍みかんを食べたとか、晴れた休日に荒川の水門を見に行ったとか、押し入れの奥から見覚えのない黒い箱が出てきたとか——そうしたことを物語の中に積極的に取り込んでいきます。

あるいは、「まずいコーヒーの話ならいくらでも書ける。」という引用文をもとに書き出してみたり、担当編集者のお名前からタイトルを決めてみたり。

これは音楽にたとえると、即興演奏の妙に似ていて、学生時代はギターを弾いていたのですが、即興を主体とするバンドに参加し、その経験から、演奏しているときの最大の喜びは即興である、といまもそう思っています。もちろん、譜面どおりにこなしていく気持ちよさも知っているのですが。

即興といっても、要所要所は決まっていて、完全なフリーではなく、いくつか決まりごとはあります。ある程度のリズムとコードは決められていて、しかし、旋律を決めていくのは、そのときそのときの思いつきです。偶然、重なりあった音の響きに反応して次のフレーズを奏で、そのフレーズが次の展開を生んでいく――。

文章もこれと似たような感覚で書いています。

ですから、『サンデー毎日』の連載は、毎回、スリリングでした。一回分の枚数は原稿用紙で十枚と決められており、それまでは、十枚ずつ書いていくということがなく、たとえば、月刊誌での連載は、およそ三十枚から五十枚が基本でした。それが十枚に制限され、そのうえ、編集部から「一回分を読んだだけでも、話を了解できるものにしてほしい」とリクエストがありました。そんなことが可能なのか、ひたすら不安だったのですが、いざ書き出してみたら、十枚で充分ではないか、むしろ、なぜ、三十枚も書いていたのだろうと、十枚のほどよさに目覚めました。

7

偶然といえば、連載が半分ぐらいまで来たところで、『サンデー毎日』という誌名は、「なにごともなく、晴天。」と、ほとんど同じ意味じゃないか、と気づきました。これには、少々、驚きました。

さらに、書き終えたあとで読み返してみたとき、前述した『つむじ風食堂の夜』という自分の小説に似ていると気づきました。

父親の不在、食堂と苦いコーヒー、商店街の人々、先人の思いを引き継ぐこと、天候や気象が物語に及ぼすもの——いずれも繰り返し書いてきたテーマではありますが、この小説には特に色濃くあらわれているように思います。

書いているときは、『つむじ風』のことなどまったく忘れていたのです。しかし、連載が終わって単行本をつくる段になったとき、内容とはまた別の偶然が重なりました。

いつもどおり、装幀や文字組も担当したのですが、自分の本をつくるときは、基本的に相方の吉田浩美に任せています。この小説はテキストの量が比較的少なめでしたから、詰め込んだ文字組ではなく、少しゆったりと組んでほしいと彼女に注文し、しばらくして出来上がってきたサンプルを確認して、ちょうどいい具合だったので、そのまま入稿しました。

それからまたしばらくするとゲラが組み上がってきて、それを見たときに、なんとなく既視感があったのです。思うところあって調べてみると、その文字組もレイアウトも、何から何まで『つむじ風食堂の夜』の単行本版とそっくり同じなのでした。文字の級数から、書体、余白の取り方など、あたかも踏襲したかのように同じに見えました。相方に訊くと、彼女も『つむじ風』のことは、まったく頭になかったとのこと。

偶然とはいえ、ここまで同じであるなら、外まわりのカバーデザインも、『つむじ風食堂の夜』に倣ってみようということになりました。ですので、毎日新聞社から刊行された本書の旧版と、筑摩書房から刊行された『つむじ風食堂の夜』の単行本版を並べると、二冊が同じレイアウトであることが、よく判るかと思います。

さらにオマケがあり、ここまでそっくり同じにつくったのだから、奥付も同じ意匠にしてしまおうと思い立ち、『つむじ風』の奥付を確認してみたところ、二〇〇二年十二月十日初版とありました。これにもまた、「ん？」となり、作業の手をとめてカレンダーを見ると、その日がまさにその日付で、ちょうど十年が経った、二〇一二年の十二月十日なのでした。

8

この小説を読んでくださった読者の皆さまの感想に、「つづきが読みたい」という声が数多く見受けられました。

作者としても、このお話にはつづきがあるように思いますし、『つむじ風食堂の夜』が、『それからはスープのことばかり考えて暮らした』と『レインコートを着た犬』というふたつのお話を生んだように、『なにごともなく、晴天。』にも、ここから連なっていく物語があるのではないかと考えています。

登場人物たちがどうなっていくのか、とりわけ、「主人公の恋の行方が気になるので、つづきを書いてください」と具体的なご要望もいただいています。

それで、今回、このリイシューに際して、「ケーキを切りわけた日」

というエンドロールのような一篇を書き下ろしました。作者としては、「なにごともなく、晴天。」という物語は、このエピローグをもって完結、としたいと思います。

続編がどのようなものになるかはまだ判りませんが、引退した探偵――ヤエガシさんを主人公にした連作も書いてみたいとひそかに企んでいます。

恋の行方も、またいずれ。

しかし、物語はどれほどつづきを書いても終わりは来ないのだと、今回のエピローグを書いて、あらためて思い知らされました。

いえ、終わりが来ないことが、いつでも物語の希望なのだと確認した次第です。

二〇二〇年　晴天の日に

吉田篤弘

文庫版のためのあとがき

　この小説が、こうして本のかたちを成すのは三度目です。どのような経緯で書くことになったのか、どのような思いで書いていたかは、二度目の出版のあとがき（「番号のある「あとがき」」）に書きました。番号すなわち数字は、この物語の登場人物たちの名前にも見え隠れしていますが、これは最初の刊行を導いてくださった三輪晴美さんのお名前に数字が含まれていたことに由来しています。三輪さんは病いに倒れ、療養中も編集者と記者の仕事を続けていましたが、二〇二一年に多くの人に惜しまれながら他界されました。三輪さんと出会った頃、僕は朝日新聞社に通ってデザインの仕事をしていました。三輪さんは毎日新聞社の編集者でした。そして、いまこの文庫が読売新聞社の社屋にある編集部から刊行されることに、不思議な縁を感じます。

　この小説の舞台である高架下は、鉄路で区切られた一丁目にも二丁目にも属さない「零丁目零番地」と呼ばれていました。お天道様からも見えないその自由さゆえか、小気味よく新聞社や版元を横断していく頼もしさに、この物語に託した「希望」を覚えました。

この小説には思い入れがあり、それゆえの三度目なのですが、同意して下さる伴走者がいなければ本にはなりません。三輪さんをはじめ、二度目の出版に際して「この小説が好きです」と言って下さった平凡社の岸本洋和さん、そして、今回の文庫化を細やかに編集して下さった中央公論新社の香西章子さん。皆様に心より感謝申し上げます。

最後に、読者の皆様、お読みいただきありがとうございました。皆様から「荒野のベーコン醤油ライスが食べたい」というご要望を多々いただき、何度かレシピをお伝えしてきたのですが、今回はその決定版として、〈ベーコン〉の姉さんご本人に作り方を披露していただこうと思います。このあとすぐ。次のページからどうぞ。

二〇二三年　快晴

吉田篤弘

荒野のベーコン醤油ライスの作り方

皆さん、こんにちは、今晩は。

申し訳ないんですが、知っての通り、あたしは堅苦しいのが苦手なんで、まぁ、いつも通り、氷をぶちこんだコーラを飲みながら、ざっくばらんにやっていきます。でも、心意気はマジだし、確実に旨いやつを作れるよう、口うるさいくらいお伝えしていくんで、しばし、お付き合いください。

で、まずは、料理には準備ってものが必要で、その準備にもまた準備が必要なわけです。つまり、準備すべきものが、いま手元にあるかってことなんですが、なかったら買いに行く必要があるし、買いに行くときの心構えってのもあるわけです。

まぁ、好みなんてものは人それぞれで、「好きなようにやったらいいじゃん」と言いたいけど、一応、あたしはどうしてるかっていうと、まずは必要なものをメモっていきます。

今回は、「ベーコン」と「あさつき」と「レモン」の三つ。

で、メモを持ってスーパーに買いに行きます。この他に、米と醤油と油も必要ですけど、その三つは台所にありますよね？

醤油の味が要なんで、あたしはけっこう奮発して、いい醤油を使ってます。まろやかな味のやつです。

で、ベーコンは、薄切りにしたやつじゃなくブロック——かたまりを買います。あんまり脂身が多いとアレなんで、スーパーの売場で全部チェックして、いちばん脂身と赤身のバランスがいいやつを慎重に選びます。薄切りでは駄目です。必ず、かたまりです。

あさつきは、売ってなかったら、「万能ねぎ」とか「小ねぎ」と呼ばれているもので問題なし。

あと、意外に大事なのがレモンで、あたしは国産のを買うことにしています。これはちょっとこだわりで、見てくれもキレイなのを選んでます。レモンはこの料理の影の主役なんで、ぞんざいに選んではいけないんです。

で、まずは普通に飯を炊きます。これもまぁ、いい米に越したことはなくて、シンプルな料理だから、米がまずかったらそれまでなんで。あたしの場合、店だけじゃなく、アパートに帰ってから一人分だけ作って食べたりもするんですが、まぁ、今回は二人分を前提にして言うと、御飯は一合半炊いて、炊いている間にフライパンでベーコンを炒めます。炒め始めるタイミングは御飯が炊き上がる十分前で、それを見据えて準備していくわけです。

で、まずはベーコンを切り出していくんですが、羊羹を切っていく感じと言えばいいのかな？　と言っても、ぶあつく切るんじゃなく、ひときれの厚さが、大体、八ミリくらい。で、そのひときれを平らに寝かせて三等分か四等分にするんだけど、およそ八ミリ×八ミリ×三センチくらいの小さな棒状になれば、ちょうどいいです。まぁ、ようするに、食べたときに、大きくも小さくもない口当たりになればＯＫ。だいたい、二人分で百グラムくらいは切り出します。

で、切り終わったら、飯の炊き上がる十分前を待って、時間が来たらフライパンに油をたらす。サラダ油でもオリーヴ油でもいいけど、小さじ一杯くらい。これはベーコンの脂を引き出す呼び水みたいなものなんで、ちょっとでいいんです。入れすぎたらアウト。この料理は、とにかく、「油っぽくならないように」が大事なので。

で、その少しばかりの油を引いたところへ、切り出しておいたベーコンをバラバラと入れて弱火で炒めます。そうすると、ベーコンの脂が溶け出してくるので、そのまま表面がカリッとなるまで炒めます。

で、カリッとなったら、醤油を大さじ一杯と、レモンのしぼり汁を半個分くらい入れて、さっと混ぜ合わせる。

レモンのしぼり汁はあらかじめ準備しておいてもいいけど、半分に切って、フライパンの上でぎゅっとしぼればいいです。塩や胡椒は入れません。醤油とレモンだけ。そうすると、フライパンの中が軽く沸騰したようになってくるんで、火をとめます。で、御飯が炊き上がったら、フライパンの中のものと御飯を混ぜ合わせます。このとき、御飯を炊飯器から大きな器へ移すんですが、これは大きめの耐熱ガラスのボウルでもいいし、もちろんお櫃《ひつ》でもいいです。そうした用意がなければ、炊き上がった釜の中へフライパンの中のものを、油ごと一緒に入れて、さっくり混ぜ合わせます。

　これで完成。簡単でしょう？

　店で作ってるのは、あくまで、まかないなので、残った冷や飯を軽く炒めたりしますが、それは仕方なくそうしてるだけで、くれぐれも、御飯を炒めたりしないよう。これはチャーハンとかピラフじゃなく、「まぜ御飯」なんです。だから、御飯茶碗によそって食べるのが似合ってます。一合半炊いたら、二人で二杯ずつぐらい？

　で、お茶碗に盛って、「さぁ、食べよう」ってときに、あさつき

——まぁ、小ねぎですね——をみじん切りにしたものを、ぱらぱらっと振りかけて、最後にまたレモンをしぼります。

この最後のレモンが重要です。必須です。

まぁ、これだけ食べてもいいんですけど、ちょっとさみしいし、バランスが悪いんで、あたしは、ほうれん草のおひたしとか、残りもので作ったサラダとか、余裕があれば味噌汁とか、そうしたものと一緒にいただきます。まぁ、一人で食べるとなったら、食べきれないだろうから、おにぎりにして次の日に食べるのも、もちろん旨いです。

え？　食後のコーヒー？

それはですね、B子のお父さんのコーヒーがやたらにおいしかったので、ただいま修業中なんです。なので、それはまた今度。

単行本『なにごともなく、晴天。』
二〇一三年二月　毎日新聞社
二〇二〇年一一月　平凡社（完全版）

中公文庫

なにごともなく、晴天《せいてん》。

2023年12月25日　初版発行
2024年10月30日　４刷発行

著　者　吉《よし》田《だ》 篤《あつ》弘《ひろ》

発行者　安部順一

発行所　中央公論新社
〒100-8152　東京都千代田区大手町1-7-1
電話　販売 03-5299-1730　編集 03-5299-1890
URL https://www.chuko.co.jp/

ＤＴＰ　平面惑星
印　刷　大日本印刷
製　本　大日本印刷

Published by CHUOKORON-SHINSHA, INC.
Printed in Japan　ISBN978-4-12-207461-3 C1193

各書目の下段の数字はＩＳＢＮコードです。978－4－12が省略してあります。

中公文庫既刊より

よ-39-1
それからはスープのことばかり考えて暮らした
吉田篤弘

路面電車が走る町に越して来た青年が出会う、愛すべき人々。いくつもの人生がとけあった「名前のないスープ」をめぐる、ささやかであたたかい物語。

205198-0

よ-39-2
水晶萬年筆
吉田篤弘

アルファベットのSと〈水読み〉に導かれ、物語を探す物書き。繁茂する道草に迷い込んだ師匠と助手——人々がすれ違う十字路で物語がはじまる。きらめく六篇の物語。

205339-7

よ-39-3
小さな男＊静かな声
吉田篤弘

百貨店に勤めながら百科事典の執筆に勤しむ〈小さな男〉。ラジオのパーソナリティの〈静香〉。ささやかな日々のいとおしさが伝わる物語。〈解説〉重松　清

205564-3

よ-39-4
針がとぶ Goodbye Porkpie Hat
吉田篤弘

伯母が遺したLPの小さなキズ。針がとぶ一瞬の空白に、どこかで出会ったなつかしい人の記憶が降りてくる。響き合う七つのストーリー。〈解説〉小川洋子

205871-2

よ-39-5
モナ・リザの背中
吉田篤弘

美術館に出かけた曇天先生。ダ・ヴィンチの『受胎告知』の前に立つや、画面右隅の暗がりへ引き込まれ……。さぁ、絵の中をさすらう摩訶不思議な冒険へ！

206350-1

よ-39-6
レインコートを着た犬
吉田篤弘

〈月舟シネマ〉の看板犬ジャンゴは、「犬だって笑いたい」と密かに期している。小さな映画館と、十字路に立つ食堂を舞台に繰り広げられる雨と希望の物語。

206587-1

よ-39-7
金曜日の本
吉田篤弘

子どもの頃の僕は「無口で」「いつも本を読んでいた」と周りの大人は口を揃える——忘れがたい本を巡る断章と、彼方から甦る少年時代。〈解説〉岸本佐知子

207009-7

よ-39-8
ソラシド
吉田篤弘
幻のレコード、行方不明のダブルベース。「冬の音楽」を奏でるデュオ〈ソラシド〉。失われた音楽を探し、もつれあう記憶と心をときほぐす、兄と妹の物語。
207119-3

よ-39-9
天使も怪物も眠る夜
吉田篤弘
二〇九五年、〈壁〉によって東西に分断された東京では、誰もが不眠に悩まされていた。睡眠薬開発を巡る攻防は、やがて「眠り姫」の謎にたどり着く……。
207288-6

お-100-1
ウナノハテノガタ
大森兄弟
海の民の少年オトガイは父からある役目を引き継ぐ。山の民の少女マダラコは生贄の儀式から逃れて山を下りる。二つが出会い、すべてが始まる原始の物語。
207279-4

さ-74-3
月人壮士《つきひとおとこ》
澤田瞳子
母への想いと、出自の葛藤に引き裂かれる帝——国のおおもとを揺るがす天皇家と藤原氏の綱引きを背景に、東大寺大仏を建立した聖武天皇の真実に迫る物語。
207296-1

あ-88-2
もののふの国
天野純希
源平、南北朝、戦国、幕末——この国の歴史は何者かに操られている。武士の千年に亘る戦いを一冊に刻みつけた驚愕の歴史小説。特別書き下ろし短篇収録。
207290-9

や-76-1
蒼色の大地
薬丸岳
時は明治。幼なじみであった新太郎、灯、鈴。「海」と「山」、決して交わることのない運命に翻弄され、彼らはやがて国を揺るがす戦争に巻き込まれていく。
207287-9

い-124-2
コイコワレ
乾ルカ
日本の敗色濃厚な第二次大戦末期。相剋するふたりの少女が、目覚め、祈るとき……。新しい世界の物語が始まる。特別書き下ろし短篇収録。〈解説〉瀧井朝世
207292-3

い-117-2
シーソーモンスター
伊坂幸太郎
元情報員の妻と姑の争い。フリーの配達人に託された謎の手紙。時空を超えて繋がる二つの物語。運命は変えられるのか。創作秘話を明かすあとがき収録。
207268-8

各書目の下段の数字はISBNコードです。978－4－12が省略してあります。

あ-92-2
死にがいを求めて生きているの 朝井リョウ
植物状態のまま眠る青年と見守る友人。二人の間に横たわる〝歪な真実〟とは？　平成に生まれた若者たちが背負った、自滅と祈りの物語。〈解説〉清田隆之
207267-1

て-11-1
架空の犬と嘘をつく猫 寺地はるな
羽猫家は、みんな「嘘つき」である――。これは、破綻した嘘をつき続けたある家族の素敵な物語。寺地はるなの人気作、遂に文庫化！〈解説〉彩瀬まる
207006-6

て-11-2
わたしの良い子 寺地はるな
出奔した妹の子ども・朔と暮らすことになった椿。決して《育てやすく》はない朔を、いつしか他の子どもと比べていることに気づき――。〈解説〉村中直人
207262-6

は-75-1
大人になったら、 畑野智美
三十五歳の誕生日を迎えたメイ。カフェで働く日々はそれなりに充実しているが……。久しぶりの恋に戸惑う、大人になりきれない私たちの恋愛小説。〈解説〉渡辺雄介
207171-1

ふ-48-1
十六夜《いざよい》荘《そう》ノート 古内一絵
面識の無い大伯母・玉青から、高級住宅街にある「十六夜荘」を遺された雄哉。大伯母の真意を探るうち、遺産の真の姿が見えてきて――。〈解説〉田口幹人
206452-2

ふ-48-2
銀色のマーメイド 古内一絵
大人気「マカン・マラン」シリーズの原点！　中学水泳部を舞台に、ジェンダーの垣根を超えた熱血×感動の青春物語が登場です。
206640-3

よ-25-6
小さな幸せ46こ よしもとばなな
最悪の思い出もいつか最高になる。両親の死、家族や友との絆、食や旅の愉しみ。何気ない日常の中に幸せを見つける幸福論的エッセイ集。タムくんの挿絵付き。
206606-9

わ-25-3
青豆とうふ 和田誠　安西水丸
一つの時代を築いた二人のイラストレーターが、互いの文章と絵をしりとりのようにつないで紡いだエッセイ集。カラー画も満載！〈文庫版のあとがき〉村上春樹
207062-2